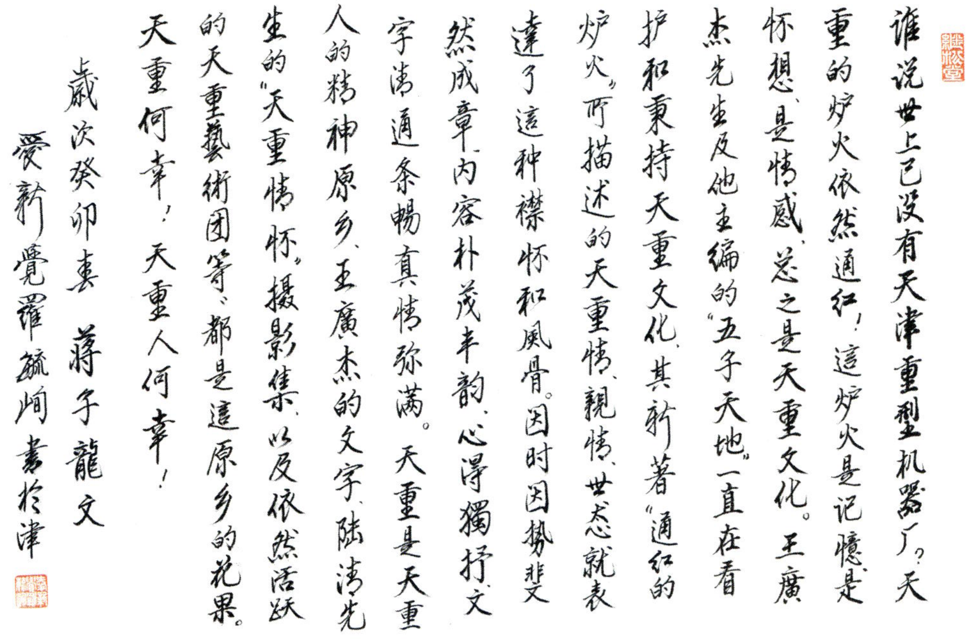

蒋子龙先生寄语

爱新觉罗·毓峋先生书

王广杰 著

通红的炉火

TONGHONG DE
LUHUO

天津社会科学院 出版社

图书在版编目（ＣＩＰ）数据

通红的炉火 / 王广杰著. -- 天津 ： 天津社会科学
院出版社，2024.6
ISBN 978-7-5563-0948-1

Ⅰ. ①通… Ⅱ. ①王… Ⅲ. ①散文集－中国－当代
Ⅳ. ①I267

中国国家版本馆 CIP 数据核字(2024)第 021008 号

通红的炉火

TONGHONG DE LUHUO

责任编辑： 沈　楠
责任校对： 王　丽
装帧设计： 高馨月
出版发行： 天津社会科学院出版社
地　　址： 天津市南开区迎水道 7 号
邮　　编： 300191
电　　话： （022）23360165
印　　刷： 高教社（天津）印务有限公司
开　　本： 880×1230　　1/32
印　　张： 8.375
字　　数： 170 千字
版　　次： 2024 年 6 月第 1 版　　2024 年 6 月第 1 次印刷
定　　价： 58.00 元

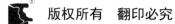

序

滑富强

王广杰，津门之翘楚。他创办和主持的"五子天地"传媒名播四海，有口皆碑。

广杰为人热情，好交友，重义气，人脉广。他在 20 世纪 70 年代进入天津重型机器厂当工人。凭着自己的聪明才智、真诚善良，逐渐成为企业干部，跑销售、懂经营、重运输，干得轰轰烈烈。他多才多艺，能歌善舞，且迷恋文学。他由写诗开始，进而进入散文写作的广阔天地，便有了这部散文集《通红的炉火》的出版。

纵观他的散文作品，有三个鲜明的特点：

其一，源于生活，贴近生活，又把生活艺术化。从这部散文集的百篇作品来看，就再现了他在天重厂工作期间的生活、在商海打拼的生活、在"五子天地"公众号经营谋划的生活及亲朋好友交往的生活等，无一不是他亲力亲为的和接地气的社会实景。

其二，文字细腻，以情感人。从字里行间，透露出作者行文谋篇的缜密和情满意足的畅达。他对亲情无限的描写，对老伴相扶相携的倾诉，让人感同身受，与作者产生了共鸣。

其三，追本溯源难忘通红的炉火。英雄始于草莽，作者从学校分配到"天重"当工人，在铸钢车间清整工段氧化皮组，对铸件毛坯进行热处理。通红的炉火映红了他的面庞，也锻铸了他的心智，所以才有了以后的商海打拼。他感恩生活，不忘本色，这也是他由业余作者成长为天津市作家协会会员并活跃于各大文化平台的原因。

对于广杰的拼搏之路，我是由衷地赞许，他的散文作品很值得品读，我也愿推荐给广大读者，都来一读为快。拉拉杂杂写了如上的话，权充为序。

时于 2023 年 3 月 8 日

目　录

001
／
天重篇

通红的炉火 / 003

我与蒋子龙师傅 / 007

在天重的日子 / 010

难忘的回忆：地板块 / 014

师徒情深 / 016

我与《天重厂报》/ 019

蒋子龙师傅天重情点滴 / 021

忘蒸饭 / 023

钟　爱 / 025

我和永忠 / 027

029
/ 亲情篇

祖上有德 / 031

怀念父亲 / 035

父亲之名 / 038

我的岳父岳母 / 040

二舅爷 / 043

雨中的姐姐 / 045

我和三哥 / 048

我给四哥过生日 / 050

永远的大年三十 / 052

我与秃尾巴老李二三事 / 054

祝福礼物 / 056

老伴儿 / 059

老伴儿二三事 / 061

老伴就爱"瞎操心" / 064

陪妻女"逛"小白楼 / 066

擀面条 / 068

暖　男 / 070

外孙与足球 / 072

没有足球就没有阳光 / 074

两张照片 / 076

079

五子篇

辛丑小年 / 081

快乐就这么简单 / 083

"五子书屋"昵称的由来 / 086

从"白字"到"五子天地" / 088

见贤见天见地 "五子天地"两岁啦 / 090

五子情 / 092

好大夫 / 094

精彩人生 / 097

溥佐教棋"连五子" / 098

松风画马人 / 100

心灵净土 / 102

拜师收徒 / 104

文学让你永葆青春 / 107

我与滑富强老师的《七彩虹》/ 109

"贴身侍者"姜云峰 / 111

军旅作家张秋铧的往事 / 113

山水之间 / 117

流泪的"采访" / 120

通红的炉火

123/岁月篇

生日感言 / 125

十年磨一剑 / 127

人穷志不穷 / 130

高 考 / 132

评报的故事 / 134

拜师评报 / 136

纽 带 / 138

邂逅"粉丝节" / 139

在党的人 / 141

从天津生活广播说起 / 144

一段舞蹈的记忆 / 147

获奖感言 / 149

表弟，你认识我吗 / 150

"砍价"轶事 / 152

难忘的重阳节 / 154

谁比谁也不差 / 156

大栅栏，少年的记忆 / 158

童年的"中山路"/ 162

老房旧事 / 164

"半大衣"的故事 / 168

让 路 / 170

系鞋带 / 172

遗憾的抓拍 / 173

两碗甜水 / 175

读秦岭 / 177

遥望终南山 / 180

梦中重逢 / 182

我与天津起士林 / 184

187

友情篇

医不治己 / 189

我第一次见"路条" / 191

同学情 / 193

好兄弟 /197

你还愿意做我的学生吗 / 201

贺　军 / 204

林大爷 / 207

追思好友姚先生 / 209

我与德禄老师 / 210

阿　旺 / 211

广玲姐与小弟对话 / 213

保姆王姐 / 215

走近虎子 / 217

向军人致敬 / 219

高教授"购书"记 / 222

两本书的故事 / 224

一条纱巾 / 227

帽子下乡记 / 230

一首歌的故事 / 232

王老汉险些"挨骗记" / 235

鬼使神差"帮忙" / 237

妙清姐 / 240

钱　缘 / 242

人　缘 / 245

一元钱 / 247

老闺蜜 / 250

居家观察 / 252

八仙桌 / 254

后　记 / 255

天重 篇

通红的炉火

20 世纪 70 年代，我初中毕业后分配到天津重型机器厂（原天津铸锻件厂）铸钢车间清整工段氧化皮组。组里突然来了几个新分配来的学生，师傅们都很高兴，因为年岁大的即将退休，年轻的师傅也大我们十几岁。组长让一个师傅带我们去仓库领工作服和劳保鞋。所有铸钢车间职工一律发放白色帆布工作服和鹿皮大头鞋（老师傅对工作鞋的通称），穿白色帆布工作服为了隔热，大头鞋穿在脚上也是起到保护脚的作用，每天与热钢件打交道当脚下的钢件温度高时鞋底冒烟不至于把脚烫伤；再有大头鞋鞋头硬挺的部分对于碰到钢件掉在脚上的特殊情况，能减少发生工伤的概率。

发放新帆布工作服那天，我还和小伙伴们到照相馆拍了一张纪念照送给同学，彰显我是一名炼钢工人，感到自己可神气了，而自己留的那张现在找不到了。

氧化皮组主要工作就是对毛坯件加热处理。第一天我透过黑色防护镜看加热炉里的钢件，望着不断燃烧的火焰，钢件由暗慢慢变红，知道了经过热处理的钢件能进一步提高铸钢件的内在质量。

刚分配到组里，组长就给我们做了学徒师傅"一对一"的安排，而我和师兄是两个人一个师傅。因为我们的师傅最年轻，再有能带领我们干热处理的师傅人手不足，不够安排。组长安排组里的技术人员每天给我们讲一点热处理知识。给我讲课的师傅是北京钢铁学院毕业的技术员，他讲了正火、退火、回火、淬火等一些基础知识。然而，好景不长，报纸上掀起了批判潮，这股风潮同样也冲击到我所在的班组，组长就再也没有安排这个技术员给我们讲课了。可我一个初中毕业生，本来文化基础就差，根本就弄不明白这些专业知识，问也不敢问，生怕戴上什么"帽子"。于是，我自己就在下早班后到天津图书馆查资料，终于知道了有关热处理的一些基础知识，如晶体结构的变化和机械性能的关系等。了解了热处理的基础知识后，我也清楚了热处理对提高钢件内在质量的作用。在工作中，我非常认真地按要求去做，每天早班装炉根据技术员下达的工艺，调整加热火焰的分布及抄记操作温度的变化，中班继续加热然后根据工艺让钢件冷却下来。

回想起当年那段刚刚接触毛坯件热处理的时光，我还是很快乐的。因为在学徒期间，我们参与了天津第一台6000吨水压机毛坯件的加热处理，我也第一次知晓锻工车间的蒋子龙师傅，他所在的车间加热炉数量比我们铸钢车间多，炉体体积也比我们车间大，还知道热处理车间有井式炉给"五零七"高炮做淬火处理，技术要求非常严格。我更加自豪做一名重要岗位上的热处理工人。

后来清整工段厂房建好了，整个工段都搬到新厂房，氧化皮组也搬过去了。氧化皮组被分成两个小组，一个是热处理组，一个是入库组。我被入库组组长"厚爱"调到入库组，结束了自己所钟爱的热处理岗位。

在入库组里每天的工作很简单，溜氧化皮和装运钢件到成品库和半成品库，内心的无聊和装运钢件的危险天天困扰着我，我看不到任何希望，"离开这里"的想法越来越强烈。后来我调到供应科，告别了在铸钢车间的日子，投入一个新的工作岗位。

调到供应科以后，本来安排我跑业务，但我刚从车间出来，啥原材料知识也不懂，就找领导申请到仓库"实习"，没想到这一"实习"就是十年。我在仓库被科长任命为配套库库长，回想起来这不同寻常的十年，我的收获挺大，不仅增长了知识，而且学会了物资管理，还提高了自己的综合工作能力。

1987年，那时天重厂主要燃料——煤炭的供应出现了问题，煤炭调运不进来直接影响水压机生产。供应科主管科长找到我，让我帮忙解决此项难题。厂长王兆振跟我认真谈了这个事情，我就走马上任从事起天重煤炭采购催发业务的工作。我退休以后在《中老年时报》刊发了《催发煤炭》一文，简单记述了一下。随着一节节装满煤炭的车皮缓缓驶进天重厂区，煤炭源源不断供给，通红炉火熊熊燃烧，让我充分展示了自己的能力，没辜负王兆振厂长给予我的厚望。随着企业改革的进一步深入，企业体制的不断变化，我不得不含着泪水离开了天重厂。但是在我任职煤炭采购催发工作的过程中，各个相关企业对我的鼎力支持，让我想起来就感觉亏欠他们。天重厂那通红的炉火是这些企业员工创造的产值，因为天重厂资金周出现转困难，在我充当天重厂煤炭采购员期间，所欠款项暂时无力偿还，这件事我一直装在心里，有一股说不出的味道。

人生能有几回搏，留取丹心照汗青。天重厂那通红的炉火映在我心中熊熊燃烧，永不熄灭。

（发表于 2023 年 3 月 20 日《中国乡村》）

我与蒋子龙师傅

蒋子龙师傅大我 12 岁,1970 年我初中毕业被分配到天津重型机器厂时,他是锻工车间党支部副书记。

那时天重厂正在搞"七零工程"会战,全厂到处热火朝天。我刚刚进厂,厂里的人谁也不认识,后来一个偶然的机会,我参加厂里共青团组织的义务劳动。一天,我望着来回运转的天车和电焊弧光,耳边是风铲轰鸣和出钢的钟声,顿时,心血来潮写了一首顺口溜,写完后发表在工段的黑板报上,过往的工友都看到了我的名字。渐渐地,厂里一有活动,我就是必选人物。不过说实在的,我是初中毕业,只有激情涌动,但书没看过几本,写出来的东西也比较肤浅。但领导对我还是重点培养。

值得一提的是,团总支书记孙宝生让我参与车间团总支办报,当编辑,给了我学习提高的机会。再加上我爱朗读,厂宣传科派我和结构车间徐适生、行政科张师傅,还有蒋子龙书记到天津人民出版社去参加创作小说活动,这让我大开眼界。当时大港、新港、天津站等地区单位来参加文学创作的文学爱好者们,现在都成了真正的作家和撰稿人了,而我还是"涛声依旧"的普通一兵。

时间过得真快,两年前我在网上申请了一个公众号,连续发表了一百期,想请子龙师傅给点鼓励。老同事边少林处长和蒋子龙师傅联系密切,就拜托他帮忙联系,没想到蒋子龙师傅听说"五子天地"公众号微刊是天重人创办的,非常高兴地给我们传来一段视频，这段视频放给天重人看后，大家聚会时那个兴奋劲儿就别提了，好多人对着镜头诉说对子龙师傅的想念之情，感动得我都哭了。

蒋子龙师傅现在是中国作家协会名誉主席，国务院确认的新时代文化领军人物，而我只是在退休后个人办了个公众号，他就给予了很高的评价。虽然我退休后参加了一些社会活动，但没想到能和蒋子龙联系上，真是太兴奋了。

蒋老师的一个"天重文化"，让上万人激动不已。天重艺术团50年大庆，我受邀参加，看到天重艺术团兄弟姐妹们和蒋子龙师傅见面时那股高兴劲，我仿佛看到子龙师傅与我们一起从家里往天重厂上班路上欢声笑语的样子。子龙师傅又回到了我们身边。

到家后，我心血来潮写了一首诗发给子龙师傅：

老朽的记忆

通红的炉火

铿锵的铁锤

风鸣的汽笛

出钢的钟声

我在这里

叙说50年的记忆

钢水、铁锤、鸣笛

用焊缝连在一起

映红半边天的钢花下凡

不知多少汗水流在心底

昨天的梦今夜无语

大街上一个老头被美女刷抱

抱出半个世纪的辉煌和记忆

这是万人的"婚礼"

这是美丽的芭蕾序曲

我爱你——美丽的天重

永远割不断的老朽记忆

子龙师傅回复我:"谢谢广杰先生!好诗,充满感情!我尤其喜欢'被美女刷抱,抱出半个世纪的辉煌和记忆'……"

那一刻我好感动,因天重文化把我和蒋子龙师傅连在一起,天重文化魅力真让所有天重人骄傲不已……

（发表于 2021 年 12 月 2 日《天津日报·北辰之声》第 20 版）

在天重的日子

我是 1970 年初中毕业后分配到天津重型机器厂工作的，企业当时叫天津铸锻件厂，后来改称为天津重型机器厂。进厂后我被分到铸钢车间，安排在清整工段氧化皮组，一干就是七年。

记得有一天，工段团支部组织团员青年义务劳动，我站在风铲轰鸣、电焊弧光闪烁的车间里，突然激情涌动，写了一首"诗"。就是这首"诗"，让我在车间里被戏称为"诗人"。就这样我被车间团总支和厂宣传科视为"人才"，参加"理论班子"学习等活动。我知道自己的文化水平低，于是就报名参加了河北夜大"宣传报道班"学习。尽管我没掌握太多的知识，经过速成的培训学习后，也"水过地皮湿"了。那时在《天重厂报》上还能经常看到我写的通讯报道和短文。车间团总支办报，我还被团总支书记（后来升为天重厂厂长）指定为栏目编辑。几十年过去了，现在回忆起来幸福满满。

1978 年，我被调到供应科在仓库实习锻炼，这一干就是十年。在仓库里我被提拔为库长，上万种原材料，占用资金几千万元，20 多名库管人员，让我着实磨炼了一把。我掌握了物资管理、账务管理等方面的业务，所以说这十年，让我在管理岗位上打下了坚实的基础，受益匪浅。直到后来我离开天重厂到其他企业，应聘"职业经理"都能游刃有余。迈进花甲之年后，回忆起那段难以忘怀的岁月，我真心感谢天重厂各级领导对我的栽培和同事们对我工作的支持与协助。

时间过得真快，到了 1987 年，我"临危受命"，又调到供应科外勤组负责采购煤炭业务，应该说采购煤炭的那段时间是我在天重厂最苦、最累，也是最受锻炼的日子。天重 6000 吨水压机没有煤，钢锭不能加热。当时由于铁路运力紧张，煤炭供应不足严重影响天重企业的生产和经营。于是，在厂长王兆振的钦点下，我担任了天重煤炭业务采购员，利用各种渠道关系保证火车货运车皮计划的落实，保证了天重厂煤炭的供应。但催发煤炭绝不是像今天讲故事这样轻松，其中的酸甜苦辣，只有亲身经历才感受。

记得那是在 1989 年农历正月"破五"那天，没过完春节假期，我就来到山西大同矿务局催发煤炭。当时大同人都还在过年，街上冷冷清清，没有一家饭店开业，我只好用从天津带来的烧饼和咸菜充饥。因厂里煤炭告急，能让矿上发运组帮忙多给请几次车皮发运计划，争取厂里早日收到煤炭才是我心中最重要的事。

大同矿务局十三矿煤矿发运调度四班倒，我连续跑了四天，早晨起来就奔矿上去了，天黑了才回到招待所。那时大同的公交车上很冷，根本没有空调或暖风一说，坐在车里冻手冻脚的，有的公交车还短缺着玻璃运行。大西北风刮到车厢里，因为没有几位乘客，更显得大正月里煤炭采购员工作的艰难和辛苦。也不知怎么搞的，那天我从矿上回到招待所，突然上吐下泻发高烧了。我拨通总台电话请求帮助，招待所主任知道后，找来大夫给我输液。问要不要给我妻子打个长途电话？我想，妻子一个人带个孩子又上班，已经够不易的了，她来大同孩子怎么办？冰天雪地的，那时的交通条件和现在无法比拟，在火车上人满为患，没有座位，站一路是外勤业务人员的功夫。她要看到我搞业务这么辛苦，就更放心不下了。于是我说："谢谢！不用了。"可是我一个人出差办事输液时没人照顾也不行，正好我老舅母家在大同，我到大同出差后就和老舅母联系上了（老舅已去世多年）。于是就让主任帮助去给找一下我的老舅母。因为那时没有电话，招待所主任就按我说的位置，费尽周折终于把我的老舅母找来了。多亏了老舅母的照顾和帮助，我的身体才得以快速康复。

有些事情存在隔空传递信息的玄机。我这头输液，家里那边女儿早晨起来，就跟我妻子说："我爸爸病了。"妻子还说女儿："净瞎说。"这件事在我好了之后，跟妻子通电话还进行了核实。

几十年过去了，这奔波在外催调煤炭的经历仍然历历在目。这仅仅是我在天重厂的一段回忆。关系熟了一时方便，但保障煤炭供应畅通我也用了心，为与矿上发运组搞好关系，我可是下了"本钱"，每次到大同我都要带上一二十盒"十八街"大麻花，有人建议我：一人一条红塔山烟多利落。我想，其一，麻花是天津特色食品，别有意味；其二，还考虑到吸烟对人体健康不利。我就一家一户地送麻花，并且在交往中强调这是自己的一点"心意"，现在回想起来，很有成就感。

我从事煤炭采购工作中，还需要为天重交煤炭均摊费（直接从大同矿务局发运煤每吨要支付给天津煤建公司50元煤炭均摊费，因为从大同矿务局发运煤炭和从煤建公司购进煤炭差价是很大的）。我们厂每年从大同矿务局发运 14 万吨煤炭，从 1987 年至 1993 年共购近百万吨煤炭，煤炭均摊费达千万元级。后来企业改制，我离开了天重，当时欠兄弟企业煤炭货款暂时无力偿还，现在回想起来心里有一种说不出的愧疚。我与煤炭企业员工打交道，虽为天重生存尽了力，但让这些保证天重煤炭供应企业的员工犯难。在天重厂领导和职工面前，他们称赞我的工作能力强、有本事，可是在与我打交道的煤炭企业员工面前，我则感到很歉疚、很无奈。时过境迁，我已离开天重 25 年多了。回忆我在天重的日子，魂牵梦绕，那段经历真是另有一番意味。

我感谢天重厂培养和造就了我，给了我一片广阔的天地，让我锻炼成长。25 年的经历对一个参加工作 50 余年的老同志也是生命里程的三分之一，但恰恰这 25 年是我一生"财富"和能力的积累，让我离开天重能继续谋生，继续为社会作贡献。

（发表于 2022 年 11 月 1 日《中华风》第 96 期）

难忘的回忆：地板块

20 世纪 90 年代，我在天津重型机器厂从事煤炭采购工作。除了到大同矿务局催发煤炭，就是从天津市各煤建分公司购进大同块煤。因为我们单位一年需求量是 14 万吨，而天津市煤建公司仅安排 8 万多吨由大同矿务局直接发运，这中间的缺口只好到各煤建分公司进货，所以每个煤建分公司收到了大同块煤，我必须亲自到各分公司铁道线上察看块煤质量。

那时企业改革正逐步推进，厂里的各分厂也都在搞第三产业。木型分厂生产出来的地板块销售不畅，于是该分厂厂长找到我们供应处计划员老陈，让他找我们这些业务员给帮帮忙，1 平方米提成两块钱。一个家庭装修需要四五十平方米，若成功推销一笔，就能拿个百八十元。因为那时工资也不到百元，所以这对每个业务员的诱惑力还是很大的。

老陈让我在书包里装着地板块样品，到某个单位试探着接触一下，看看各关系单位有没有需求者。去了几个单位人家问："你们单位在市里有门市部吗？"我摇摇头。人家说："我们想要，但只看小样块不行，必须看到产品才能决定。"天重太远了，离市中心一二十里，他们去那里也不方便。虽然接触的人有购买意愿，但装一个单元也得好几千元，那个年代一个家庭积攒点钱是非常不容易的。

我听了大家的反馈意见后，立即找到木型分厂厂长商量，他说："我赊给你点货吧，别的帮不上忙。"经过征求客户意见和市场调研，我决定大干一场。就是这样，我面对挑战永不服输。

我大哥的工作单位是商业企业，在市中心有批发部，我让大哥找他们经理利用过道摆放了各种规格的地板块，让老陈的妻子盯着每天接待各单位前来有意向购买的关系单位、亲朋好友选购地板块。每天浏览的人不少，但在楼道里上下不方便，或多或少影响大哥他们企业产品的销售。

我就求助于有经营地板块兴趣的好友到处找门面房，功夫不负有心人，终于在河北区文化馆附近找到了一间门面房，但先期房租和售货员工资需要垫付。我就和老伴商量拿出自家积蓄，因为我坚信自己一定会成功的。

那个年代，大家都渴望增加一点收入，我就让我们处里团支部负责人帮忙，在厂里找公休日愿意协助推销的年轻人，没想到生机出现了。

当时天津市正举办首届"月季花节"，组委会动员我参加，展销期间"天重地板块"名声大振，订单不断。门市部里天天慕名而来的顾客络绎不绝，为此还上了报纸。天塔下熙熙攘攘的人群，共青团员志愿者那夺人眼球的倩女帅男，简直成了首届"月季花节"靓丽的风景线。

光阴似箭，一晃 30 年过去了，我这段经营地板块的经历，回忆起来真是幸福满满。

（发表于 2022 年 5 月 30 日《中老年时报》第 7 版）

师徒情深

人们都说人与人之间的相遇、相识是上天安排的。这不，全国著名作家蒋子龙和天重厂原厂领导王锡平的关系就印证了这个说法。

那天，我们因老同事联谊会聚到了一起。锡平和我聊起20世纪70年代，他初中毕业后分配到天津重型机器厂（原天津铸锻件厂）锻压车间，和蒋子龙师傅分配到一个小组，显得格外激动。回想起和子龙师傅在一起的日子，锡平心中对蒋师傅的崇敬油然而生，自豪的神情一直挂在他的脸上，让我羡慕不已。

那时他和蒋师傅都在1吨锤乙班，企业为了增加产量，把一天24小时分为3个班次，每个班8小时，简称甲乙丙3个班。每周轮换一次上班时间，一般情况上完早班倒中班，然后倒夜班。这种"歇人不歇马"的工作模式，在当时的企业很盛行。蒋师傅对文学有追求，他的文章屡见报端。每每看到蒋师傅发表的一篇篇作品，锡平既羡慕又不解地问蒋师傅："您天天三班倒，哪儿有那么多时间写作呀？"蒋师傅告诉他，自己连上下班骑自行车的路上也在构思。那时蒋师傅好像住在南开区，来回路途最少也得两三个小时，就是这么多个两三个小时，他写下了《赤橙黄绿青蓝紫》这部当时电台热播的小说。

锡平和蒋师傅在一起的时间长了，蒋师傅对他格外喜欢。一天，锡平听到蒋师傅优美的歌声后随口说道："师傅您唱歌还真好听！"蒋师傅说："我来教你。"就这样，锡平成了蒋师傅在天重锻压车间的声乐弟子。蒋师傅朗诵《一块银元》，在天重厂大礼堂名声大振。蒋师傅歌唱得好，我第一次听说。但当我想到自己在学习声乐时，老师让同学们回家后都要练习朗诵时，我明白了蒋师傅朗诵好，唱歌也好的原因了。

蒋师傅多年在部队，在天重厂也一直活跃在文化舞台上，他练就了一身才艺。蒋师傅为了让锡平学会唱歌，一个音节一个音节地指导他，工作间歇，师徒俩在锻锤旁沉醉在音乐世界里。锡平跟我说，他天生"五音不全"，学唱歌真辜负了蒋子龙师傅的一番苦心。锡平从书包里拿出53年前蒋师傅送给他的歌本向我展示，我羡慕得不得了。如果我在53年前也能认识蒋子龙师傅该多好，那么今天站在天重艺术团舞台上给大家表演的一定是我，可上天没有这么安排。

锡平又从书包里取出来他到部队后，蒋子龙师傅与他往来的书信，把我带回到那个年代。锡平参军后，蒋师傅没有因忙于工作、家庭和写作，而放松对他的关心。

锡平说，还有一件事让他一辈子都心存感恩。那就是在他参军前工段党支部通过了他入党志愿书的大会流程，而没有经过党总支批准和厂党委会审批，所以锡平还不能成为真正的中国共产党党员。锡平参军后在信中向蒋子龙师傅询问自己加入党组织厂党委批准一事。蒋师傅自己也是复员军人，深深知道在部队里一名共产党员的分量和作用。他急人所急，从车间到组织部不知跑了几个来回，最后蒋师傅作为车间党总支副书记（副书记是配合党总支书记负责党务工作的责任人）组织召开整个车间党总支大会通过决议，报请厂党委批准。当锡平接到厂党委批准函时，眼泪涌了出来。蒋师傅在信里语重心长地嘱咐："你是天重厂走进解放军大学校的工人代表，你是共产党员了！一定不要辜负党组织对你的培养，把立功的捷报寄给我。"锡平把这句嘱咐牢牢记在心上，把捷报寄给蒋师傅是锡平一生的追求。

从 1970 年到今天，53 年过去了，王锡平不忘蒋师傅的教诲，在工业战线上努力担起一名共产党员的责任和义务，至今仍担任锻造协会副秘书长的工作。王锡平和蒋师傅的联系也更加紧密了，连他小孙女学名和乳名，都是由蒋子龙师傅给拟定的，他们两人的亲密关系可见一斑。

锡平讲到这里，我们俩会意地笑了。是呀，他为了纪念这珍贵的拟名，委托我请爱新觉罗·毓峋先生抒写留存，以示对蒋子龙师傅的尊重。

人生如烟，半个世纪过去了，王锡平与蒋师傅的师徒情，真让人羡慕和钦佩。更让我相信人与人之间的相遇、相识是上天安排好的这种说法了。我好羡慕他们两人哪！

（发表于 2023 年 4 月 29 日中国作家网）

我与《天重厂报》

在"五子天地"微刊两周年庆典活动上，原天重厂老同事，从领导岗位退下来的和平区司法局原局长肖祝新，向我赠送了他收藏保存 35 年的《天重厂报》。

我和《天重厂报》打交道始于 20 世纪 70 年代，那是个特殊时期，"工人阶级占领上层建筑"，天重是个"点"，《天重厂报》也应运而生。我因为一首黑板报上的诗，被车间工会、团总支发现是"人才"，赛诗会、小靳庄慰问、为来天重厂考察的中央首长诗歌朗诵，我都能幸运地出场。

我把在天重厂发表的习作收藏了近 20 年，谁知结婚后几次搬家，加上老伴误卖废品，再也见不到与我结下深情厚谊的《天重厂报》了，我遗憾得不得了。

虽然现在天重厂不存在了，但是天重厂那个年代的故事我仍然记录着。当我看到肖局长收藏的《天重厂报》，有我连续两年（1980 年，1981 年）登上厂级先进个人的光荣榜时，我流下了不知是激动还是幸福的泪水，它让我回忆起自己当年调到供应科后在小五金库工作的日子。

1978 年，我从车间调到供应科跑外勤。因为我是个中规中矩的人，刚从车间调到供应科对外勤采购一窍不通，就主动要求到仓库实习，谁知这个要求让我在仓库待了整整十年。

这十年可以说在我一生中非同一般，它让我懂得了小五金材料方方面面的知识，在我当组长的几年里大开眼界。因为在配套库（小五金库和电器库合并）当组长，几千种库存材料占用资金几千万元，这让我着实练出了组织和管理几十个人的工作能力。为我日后走出天重厂"自谋职业"打下了坚实基础。能让我在一家应聘企业担当"职业经理"20年，虽然没有什么"丰功伟绩"，但是为待业的几十个人解决温饱问题，也是对社会的一点贡献，每当我回想起来还是有些"沾沾自喜"。这20年来，面对激烈的市场竞争，我能让一个企业生存下来，也是一项不小的考验。

现如今，我从商海退了下来，又重新拾起对文学梦的追求。我之所以能写出百余篇习作和我的经历与磨炼密不可分，尽管我的习作不尽人意，但我相信有一天会写出令自己满意的作品，因为我是天重人。

我从1970年初中毕业分配到天重，到1996年离开天重，整整25年的时光，我经历了天重厂从"七零工程"到天重厂"十大重机"快速发展的阶段，同时也在天重的发展中学到了很多可贵的知识，积累了很多宝贵经验。如果没有天重这个舞台，我不可能有担任"职业经理"20年的经历。

蒋子龙师傅对我创办的"五子天地"公众号微刊以厚望，并鼓励我把天重文化宣传好。我知道自己肩上的担子很重。在建设文化强国中，我和我的同人一起努力，是时代赋予我们的责任和义务。做一个真正的传承中华文化的人，让我的精神生活更加丰富多彩，是我的人生目标。我一直在不断进取的路上前行。《天重厂报》是我文学生班起步的地方，我永远爱它！

蒋子龙师傅天重情点滴

采访老友边少林先生，听他讲天津重型机器厂的故事。当我问他在天重"最难忘的记忆"是什么的时候，他回答说："还是与我国著名作家蒋子龙师傅的交往的印象最刻骨。"

他说："那是 20 世纪 60 年代中期，一天从北京串联来的学生到原天津铸锻件厂，召开批判老领导何正文的群众大会。我当时是厂技校的学生，厂里要求我们也要到礼堂参加大会。会议开始后，一个学生上台发言，我越听越不对劲，一些不实之词引起了我的反感，我走上台与他辩论，把串联来的学生问得张口结舌。因为是全厂大会，子龙师傅当时是车间负责人，按要求也得出席全厂大会。那时我年轻气盛，洪亮的嗓音加上有理有据的发言，以及在大庭广众之下沉着冷静的谈吐，引起了子龙师傅的注意。散会后，子龙师傅叫住我，详细地询问了我的一些情况，然后邀请我加入厂宣传队。就这样，我成了一名'厂宣传队的队员'。"

他讲："20 世纪 70 年代，一天，我参加在天津第一工人文化宫的演出。大幕拉开了，我望着台下人头攒动，懵圈了，大脑一片空白。一个洪亮的声音读出了我的台词，哇！子龙师傅高亢激昂的语音，唤起我朗诵作品的记忆。演出成功了，那一刻子龙师傅对我的爱，完全融化在演出的分分秒秒之中。"

我听到这里迫不及待地问："子龙师傅会朗诵？""会朗诵。"边少林娓娓道出子龙师傅《一块银元》作品的表演，声调、音准、节奏、情感俱佳。在座无虚席的礼堂，诵读引来场内一片"呜呜"的哭泣声。

《一块银元》在当时，可是那一代人耳熟能详的故事呀。我恨自己如果50年前能跟子龙师傅学朗诵，今天绝对已经是一位"表演艺术家"了。

讲到动情处，边少林就把我带到那个场景，那个曾经的故事让我既沉醉又羡慕不已。一天，子龙师傅在他单身宿舍里问边少林："大边，你买月票了吗？"边少林摇摇头回答："没有。"子龙师傅从口袋里拿出两元五角钱递给他。那一刻，边少林接过钱高兴得一个劲儿地说："谢谢师傅！谢谢师傅！"边少林说："有了月票我可以公休日坐车回家了。"那个年代大家工资都不高，子龙师傅还没有结婚。这"两元五角钱"在几十年后再相聚时还成了一个段子，子龙师傅调侃问："你还我钱了吗？"师徒二人顿时仰天大笑。追忆青春年华的故事，让我的采访激动不已。我为边少林师傅骄傲，我为子龙师傅自豪，骄傲和自豪发自肺腑。

子龙师傅天重情，让我独享回忆"天重故事"的幸福与美好。

（发表于2023年3月21日《中老年时报》第7版）

忘蒸饭

20世纪80年代，王兆振厂长决定让我担任天重厂煤炭采购员。我知道这是一个备受瞩目的"差事"，因为天重厂煤炭供应状况已经严重制约6000吨水压机进行正常生产。没有煤炭就没有煤气，没有煤气就加热不了钢锭。当时全国工业生产形势火热，各行各业快速发展，铁路运力不足，客运人满为患，那时出差有个座位就十分满足了。货运车皮十分紧张，有的企业不得不购置自备货车车皮，然后报请铁路部门安排运输。当时我的一个熟人在铁路部门工作，所以想让我做联络人，缓解天重厂煤炭发运的困难。而国家能源物资匮乏，居民日常生活都是配给制，紧张到每户一个月才200斤煤球。可见我担当煤炭采购员的工作也很不容易。

我上岗后经过一段时间努力，终于和各个环节都建立了联系（因为我在配套库任过库长，每次进厂汇报工作、报销差旅费，进厂时又是共青团员和工会活动积极分子，所以认识的同事多点），在厂里到哪儿都有人拉我聊天，好像我变成了"明星"人物。

有一天，我到一个部门办事，刚进屋里面有人大声说："王广杰来了！"屋里所有人目光一下聚集到我身上，好几个人指着椅子说："坐这儿，坐这儿！"我左看右瞧找了一位男士的办公桌前坐下。我不知大伙儿对我这么热情，是有什么事，搞得我心里没底。

这位男士先开口了："大家都说你倍儿能'白话'，我们都想和你拉呱，讲讲你最近出差又听到看到什么新闻了？"

我一听心里就感到"崴泥"了，我怎么成"大白话蛋"了？在我干煤炭采购几年中，天天和人打交道，人长得黑黝黝，个子也不高，没有什么本事，不知怎么就得了这么个外号。

但我搞煤炭"串门子"还是很常见的，我打交道的关系单位，只要我去一次，他们都记着我，虽然我不是"明星脸"，但我的家长里短让他们都有印象，都说我"机敏"，我还挺认真地问了"机敏"的含义，终于弄清楚了就是"精明"。我顿时乐了，心里话：天重厂能派个"傻子"去搞业务吗？

这些工作中的趣事，我就东一榔头西一棒子和大家聊着，大伙怕我渴了还给我倒了一杯水，我和大家交谈还时不时引得满屋人哄堂大笑。忽然楼道里传来"到点了，该买饭去了！"的招呼声，一个女士大叫："坏了，我忘蒸饭了，白淘米了！"一个本来计划到车间办事的人也说道："坏了，我和人家约好了，也忘了！"

我听到这，不好意思地站起来："太对不起了，都是我的错！"

在我主负责天重煤炭采购工作中，说起来有写不完的故事。

（发表于 2023 年 5 月 6 日《中国乡村》）

钟 爱

35 年不变，是什么让我用"钟爱"两个字来讲述这个故事，其实钟爱的对象就是"土豆丝"。

1987 年我受企业之命到大同矿务局催发煤炭，一天中午在同煤饭店用餐时，服务员端上一盘清炒土豆丝，当我夹起土豆丝放在嘴里咀嚼时，那一刻我被大同特有的菜品做法折服，太好吃了！独特的风味，独有的钟爱，没想到陪伴了我大半辈子。

土豆是大同的特产，是一年四季家家户户餐桌上离不开的菜肴，我这个海滨城市长大的孩子，偏偏对它情有独钟。1996 年我到企业职业经理和业务员出去转市场时，不论我走到哪里，在外就餐清炒土豆丝是我必点的菜品，什么海鲜呀肉呀我都不屑一顾，土豆丝是我必不可少的"美味佳肴"。我一个人可以吃一盘子，那酸滋滋又脆脆的感觉，好像我的已经被它完全征服了。现如今，我已经古稀之年，隔三差五我会亲自上灶抖一把勺，女儿、外孙也常常点菜，使得我兴奋不已，好像削土豆皮在作画，切土豆丝在跳舞。当我炸出花椒香味扑鼻时，我把土豆丝倒入锅里的那一刻，我醉了。我知道我对土豆丝"情有独钟"，是厂领导派我到大同那满是煤炭的环境里，留在我心里的最美好的记忆。

听大同人说，现如今大同发生了翻天覆地的变化，古城雄姿让这个城市的人引以为豪，网络上大同市民求"市长不要走"的场面让我震撼。什么样的领导干部这么得人心呀？就是这段视频让我怀念起 35 年前我乘坐 3 路公交车到云岗西十三矿的岁月，那时大同很荒凉，"参观"云冈石窟是不收费的，冬天冷的冻手冻脚，热闹一点的地方，沿街都有人坐在小饭桌前品尝辣粉。我从天津给熟识人带去面筋，他们竟用火烤着吃，面筋就这样被"款待"了。

人的一生有那么多经历值得回味，如果你问我最值得回味的是什么？我会告诉你：那咀嚼在口中的"土豆丝"让我钟爱不已。

（发表于 2022 年 10 月 18 日《中乡美文化》）

我和永忠

昨天在梦里我见到了他——永忠，晚上睡觉前，我突然产生了要写《我和永忠》的想法。友情的回忆很美好，也是财富，因为能在一种精神享受中得到愉悦。我与永忠结识于1987年，那时永忠刚刚被分配到天重厂财务处，常跑银行。我被王兆振厂长提拔，负责天重厂煤炭采购业务。那时永忠青春阳光，是天津财经学院毕业的高才生，本应分配到财政局这类部门工作，但却分到了天重。人生就是这样，往往不可思议。如果永忠没到天重，也就没有我们25年的友情岁月了。

因为企业进煤炭需要财务处鼎力支持，保证资金，那时天重厂靠贷款维持企业运转，而煤炭又是维持企业生存的第一要素、大宗物资。永忠跑银行、跑贷款自然也是他工作的一部分。看着他每天忙忙碌碌的样子，我十分钦佩他的敬业精神。因为我经常到财务申请货款，一来二去我们就熟识了。他在陪银行贷款业务员用餐时，就喊着我急需货款的"大户"作陪。银行贷款业务员也愿意了解企业用款去向，我向他们介绍我们厂主要煤炭来源于"大同矿务局"的趣闻轶事，他们也愿意听。

永忠在工作中的人气让我十分佩服，他与同事、与领导的关系处理也很融洽。我们相处非常友好，建立了最初的友谊基础。后来，在无意中他被告知发现长了淋巴瘤，我为他揪心牵挂，一个既优秀又年轻的大学生刚刚工作，就碰上了这样不幸的事。因为他是我和财务部门打交道结交的第一位"财神爷"。为此我还为他"批了八字",事实证明还是挺准确的。而到了他40多岁时,我把先生的话给忘了,忽略了提醒他注意防范,他不幸患心肌梗死,失去了生命。

永忠和我在一起,总是关心我的胃病和身体,他总说自己身体棒着呢!我对他去新疆打工十分揪心。在他去世前的最后一个春节我们聚会,我还对他承诺,你下次回来休假,我一定陪他找友发集团苗老板去,不去那么远工作了。人的生命仅有一次,永忠是个十分要强的男子汉。如果他一直工作在天重当他的副总会计师,可能当心脏病复发时,能及时抢救也许渡过这一关。而他恰恰在离乌鲁木齐好几百千米外的地方工作,我不知那个地方医疗条件如何。当我赶到青县他家时,他人还在路上。因为他是少数民族,民族风俗中外人是不能看逝去的故人的。所以我都没见到他的遗容,使我在他离去的一段时间里,一直纠结着。他下葬那天天阴着,好像老天也为他难过了。

（写于2018年4月3日,发表于2022年8月29日《齐鲁文学》）

亲情 篇

祖上有德

年岁大了，对"祖上有德，福德深厚"这句话感触颇深。

我小时候，没有见过爷爷、奶奶、姥姥、姥爷，只见过一个老太太。我上小学一二年级时，老太太就离世了，在我童年的记忆里印象很淡。大了才知道，她是我老太爷后续老伴，是我的继曾祖母，大约比我老太爷小很多。

老太太在世时家教非常严格，坐门墩挨打的事我记忆犹新。老太太十分忌讳坐门墩，因我祖上是大户人家，老太太是我老太爷屋里人，她认为一个五县一州盐务官的后代，绝对不能有这种习惯。那天老太太开门看到有一个孩子坐门墩，以为是我，扬手就打，手落下之后一看不是我，又哄人家："太太打错了！"这也是我长大以后听邻居家二姐给我讲的故事。

我少年时代，父亲在北京工作，母亲一个人带我们兄弟姐妹六人，生活的压力之大可想而知。父亲每月仅给母亲汇24元生活费，我上学时大哥已经上班了，但他住在单位，所以家里的生活很窘迫。我小时候没穿过一件新衣服。虽然我家经济条件不是很好，但是兄弟姐妹都很争气。那个时候，姐姐是原天津女二中高三优秀生，二哥是学校里的少先队大队长。我那时无法和哥哥姐姐相提并论，但我对文艺的爱好也凸显与众不同，我是河北区文化馆宣传队的，自己的少年时光几乎全部被河北区文化馆文艺活动吸引。后来班主任给了我一次锻炼机会，让我担当低年级课外辅导员。六一节前夕，低年级班主任让我带着学弟学妹们排练节目，我就把在区文化馆学到的十八般才艺拿了出来，排练了《我们是共产主义接班人》的表演唱，演出一举成功。

说句心里话，一个十几岁的"小屁孩"有过这样一段经历，不能不说是一件值得夸耀的事。

1969年我参加了工作，被分配到天津铸锻件厂（后改名为天津重型机器厂）。当时我两个哥哥、一个姐姐都上山下乡了。如今我老了，尽管我不知道"六九届"初中毕业生第二批分配有没有照顾政策，但投票选举的形式让我记忆犹新。我也是我们学校那次分配到国营大厂仅有的一个学生。退休后有同学还问我："你为什么被分配到天重？是不是你父亲托人啦？"我笑着回答："如果我父亲能托人，我的哥哥姐姐就不用上山下乡了。"

有人说，人的一生就是命里注定，但我走到今天迈进古稀之年，我坚信祖上有德福荫后代。

我在兄弟姐妹之中，是最不看好的一个。我们两口子文化水平低，也没啥本事。但我的女儿却出人意料，从小学到大学一直很优秀，没让我着过急，而且被保送读了硕士。好多人谈到我们老两口时说："他们的孩子也不知随谁？"每当我听到这儿都感到很欣慰。几十年过去了，我越发感到我是在享用祖辈功德，女儿也在祖辈功德庇佑下健康成长。

古稀之年的我，天天想把自己的余热贡献给社区。2020年疫情防控，我受社区党委委托组织志愿者，中午在小区11个入口处执勤，当时买不到口罩，我就千方百计通过诗友找关系，冒着危险开车到百里外厂家求助。口罩难题解决了，那一刻我信心满满。

武汉的封城对每一个国人既是压力也充满恐惧，每天在我回家的路上，静得似乎连根针掉在地上都能听得到。小区没有多一个人主动出来协勤。那么大一个楼区仅出来三个人负责两个门卡。那时我才知道这个活儿太难了，后来我在逐渐熟悉小区居民的情况下找了几个党员，动员他们出来配合居委会做防疫协勤工作，但也由于自己工作方法欠缺而得罪了人。

面对这几十个志愿者天天值班，我就自掏腰包购进了50袋大米送给大家，居委会工作人员天天忙得吃不好饭，我就买了"国先油炒脆萝卜"和"大黄油饼干"送给她们。

2022年疫情防控虽然过去两年了，但每当我想起那段经历，我就记起爸爸跟我说过，1939年村里闹大水，我的曾祖父购置大米无偿送给乡亲们。虽然我与祖辈的做法无法相提并论，但我作为一名共产党员在党和人民需要时更要勇于担当。

现如今，我创办"五子天地"公众号微刊已经三年了，三年来我取得了很大进步，视野开阔了、格局大了。"五子天地"公众号微刊粉丝数千人，每期刊发的内容深受广大读者喜爱。我也在创作中得到历练，结识了很多作家、画家、书法家，从他们身上学到了很多东西，自己的写作能力也得到了提高。我先后在报刊发表几十篇文章，这是我从1972年至今的最大收获。我申请加入天津市作家协会得到批准，这是自己做梦也没有想到的。同时，我也得到一些相关刊物约稿，虽然我和大师们相比差距很大，但是我不气馁，坚持努力学习，多学多写，在今后写作路上老骥伏枥，志在千里，实现曾祖父对后代的期望，做一个有文化的王家好后生！

（发表于 2023 年第 3 期《中华风》）

怀念父亲

看了姐姐写的《我的闺蜜——杏元》一文，使我想起杏元姐母亲去世时的情景。那时候我已经参加工作了，姐姐上山下乡到了黑龙江，当我得知杏元姐的母亲离世，送殡人回来时需要找一辆轿车时，我就大包大揽下来。

说到这，我不得不说父亲的好友、原交管局运管处王叔叔。那年王叔叔到京津冀联运站当上了 10 人轿车司机，在 20 世纪 70 年代那可是让人羡慕的"工作"，在计划经济时代，一个单位能配备一辆 10 人轿车可不得了。

我跟着父亲认识了王叔叔。一个在工厂企业上班未见过世面的年轻人，把父亲介绍给我的"叔叔、大爷"麻烦个遍。王叔叔接到我的电话，我告诉他表姐妈妈过世了。王叔叔当时对我的信任，几十年过去了，我一直感激在心里。

杏元姐只是姐姐小学时的同学，虽然小时候我跟着姐姐到她家去玩过，但为了杏元姐我骗了王叔叔，还是底气不足，我请求大哥和我一起去参加杏元姐母亲的葬礼。我想大哥如能参加，起码能证明逝者与我家绝对是亲戚关系。

听姐姐说杏元姐在她生命的最后时刻，还提到我为她母亲葬礼找车救急解难一事，说得好好谢谢我。当时我很忙，就没有和杏元姐见最后一面。

要说我打着父亲旗号到处"招摇撞骗"，这词我不能接受，也逆耳，但我确实以"王志文儿子"的名义到处麻烦人。

我调到供应科后，原供应科负责人患脑瘤，最后日子想找一家医院临终医疗，我就麻烦南开医院李阿姨给联系天津工人疗养院住院。

南开医院的李阿姨也是北京市委张叔叔陪市领导到南开医院住院时介绍我认识的。

几十年过去了，我老了每当想起父亲，就非常惭愧。我办了很多事，都没有告诉父亲一声，到处用我是"王志文儿子"这一称谓给人家添麻烦。

70年代，我们同事旅行结婚要到北京，我晚上下班后到她家随礼。当听说她到北京旅馆住宿都还没有着落，我也不跟父亲打招呼，就直接找北京市委张叔叔，求他给解决一下住处。我的同事好幸运呀，张叔叔竟给她安排到北京饭店五星级酒店住宿。我住过大同宾馆、天津迎宾馆，但北京饭店这么高档次的地方我从来没有享受过。

父亲老了，常提起为我们几个儿女调动工作一事，当时我还不服气。因为我干了业务以后认识人多了，帮人调工作，帮人办出国、办幼儿园、学校、托人学车、调房子等，好像什么事我都能给别人帮忙。现在我老了，才觉得我与父亲的差距太大了。父亲的人脉广让我自愧不如，而我还不是由于父亲铺了路，才有这样那样的能耐。

父亲从北京退下来回到天津，在关系单位补差。现如今我也迈入古稀之年，虽然我努力争当一名社区志愿者，但我身上流淌着父亲的血脉。父亲曾经对我说："你随我，待人厚道，爱帮助人，我也是继承了你老太爷做人的品质。"我老太爷曾任五县一州盐务官，老了照样背着粪筐去拾粪，见了孩子大人都打招呼。这一刻我觉得心里酸楚楚的。

父亲，您的教诲我一直记在心里：日行一善，为子孙后代积德行善。

（发表于 2023 年 2 月 25 日《作家联盟》）

父亲之名

父亲出生于 1925 年，那时我的曾祖父已没有了官职。不知曾祖父啥时候当过五县（武强、安平、深泽等县）一州的"盐务官"，但听父亲说，曾祖父在村里还是很有名望的。

父亲出生时很娇贵，三辈单传。曾祖父给父亲起名字叫"志文"，我无法得知曾祖父为父亲起名字的真正含义，但从字面上理解还是有长辈对后代的殷切期望与寄托。

父亲少年时读过私塾，16 岁就到天津学买卖了。虽然文化水平不高，但记个账还是绰绰有余。很快父亲就升为账房先生，每年薪水 300 块大洋。老家有千亩良田，鉴于我的曾祖父、祖父过世，也就没人打理庄稼了。因为老家很早就是解放区，再加上父亲利用他们客栈为八路军购买药品，曾受到影响丢了事由，所以到了解放搞土地改革时，我家被定为富裕中农。

我的父母是娃娃亲，母亲大我父亲三岁，父亲年龄很小就当新郎官了，是我的曾祖父和我外公给我父母订的婚。听父亲说，母亲上过私塾，识文断字，就是性格刚烈。在小范镇也是数一数二的美女，穿着大长裙剪着短发，再骑着凤头车，很有知识女性的风范。我曾祖父说过：我母亲是旺夫的命，将来王家一定是一个文化家庭。母亲一生培养了两个大学生，其他人也都是大专毕业。下一辈更是个个大学本科名校毕业。虽然父亲解放初期教过识字班，也一直是国家干部，就没再深学进取。就连我这个 30 年前父亲最不待见的"小五子"，如今也敢跟风搞起网络微刊了。

父亲取名"志文",不能不说这是我的曾祖父对他后代的期望和祝福,现如今都成了现实,让后代成为有志向、有文化的子孙,他老人家的夙愿和梦想都成真了。

做一个有志向、有文化的王家后代,是我一生的追求。

（发表于 2023 年 3 月 6 日《作家新干线》,2023 年第 3 期《中华风》）

我的岳父岳母

岳父、岳母走了，他们把一生的光和热都洒在了北方的沃土上。他们是共和国初期有文化的建设者，怀揣着报国梦，一对山城儿女来到了首都北京。

新中国成立初期，百废待兴。岳父、岳母被分配到北京中央合作事业管理局工作。一对伉俪以报国的志向和满腔的热忱，播撒了一个甲子。

岳父解放前是银号的大少爷，从江津到重庆乘着顺江而下的小船，载着风琴报考了重庆南开中学，成为江津的骄子。少年时的他"一心只读圣贤书，两耳不闻窗外事"，过着衣来伸手、饭来张口的生活。被分配到北京后，一切都发生了变化。举目无亲，全靠自己。为了建设新中国，岳父、岳母从零做起。那个年代的条件和今天对照，简直无法比，两位大学生组织家庭，其艰难可想而知。

从"少爷"到"共和国的建设者"；从"南方到北方"；从"父母照顾到独立生活"……岳父每每回忆起那段在皇城根的岁月，充满了兴奋。他说："靠别人照顾的大少爷，一下子能自食其力了，那股自豪感就别提了。"

1958 年，组织上决定让他带队到天津，筹建手工业管理局。从那时起到他们离世一直都在天津工作，整整半个多世纪。

我们爷俩儿聊天时，我曾幼稚地问："您的战友有当局长的，当司长的，您带队到津城筹建天津手工业管理局到退休只当个科长，后悔不？"他说："有啥后悔的？一家人好好的，就是幸福！"是呀！我的女儿、他的外孙女研究生学历；他的孙子在微软公司任职，外人都羡慕不已。

每当我看到报纸、电视表彰老知识分子为共和国奉献光和热的时候，就深深感到我有这样两位长辈，心里充满骄傲和自豪。40年的相处，让我对两位老人充满了敬意。

1981年我女儿降生了，我家老房子在地震中散了架，四周用钢筋锕拉着。一间屋子半间炕，又睡觉又做饭，非常不方便，上厕所需走一里远的路。那时物质生活匮乏，炎热的夏天，家家手摇蒲扇，哪家也没有电风扇。

看到我的窘况，岳父母决定接我媳妇回娘家睦南道居所坐月子。岳父单位在建国道，家住在睦南道，来回近40分钟路程。酷暑三伏天，50多岁的人奔波在单位与家之间，整整一个月照顾她的女儿和我的女儿。岳父岳母倾尽全力帮我。我工作单位太远，加之工作也离不开我，岳父、岳母为我的小家撑起一片蓝天，让我安心工作。岳父1990年退休后，我把岳父房子调换到我身边，只为更好地照顾他们的晚年生活，尽些孝顺。

2016年岳父被车撞了，我赶到医院，病床上的他耳朵往外呲血。妻子颤抖的手握着他，见我来了，第一句话嘱咐我："别追究司机责任，他还有一家老小。"我哭了，好心痛，自己都生死未卜，还惦记着肇事者，这是何等的胸襟，我流着抑制不住的泪水点点头。

从那一天起，我们家就缺失了幸福和天伦之乐，天天面对"病危通知书"过日子，善良的岳父变成了植物人。

岳母在岳父健康时，吃饭都恨不得要岳父一勺一勺喂。每当我唱起《最美不过夕阳红》时，我就回想起岳母依偎在岳父怀里，吃着雀巢奶油棒，甜甜的情景。

从岳父遇车祸到岳父、岳母先后离世，整整3个寒暑家里雇了3个护工，可想而知开支不菲。但提到把岳父送到养老院，我死也不肯，我就想让岳父享受幸福、有尊严的最后日子，不管付出多大代价。现如今我可以自豪地说："我做到了！"

岳父、岳母病逝后，我回到他们曾居住的房间，好像有一种被遗弃的感觉。昨日穿梭在法院、医院路上，再也听不到老人"广杰、广杰"的称呼了，心里空得没着没落，很长一段时间缓不过神儿来，吃了好几副中药才慢慢调理过来。

岳父、岳母走了，走得那样安逸、那样无声无息，唯恐惊扰这个喧闹的世界。他们将身后的一切留给了我，我要用有生之年尽丈夫所能，让妻子过得更加幸福快乐，以告慰岳父岳母在天之灵。

我感恩岳父、岳母与我长达40年的情谊，感恩他们把女儿嫁给我，感恩他们为我付出的一切。

岳父、岳母，我爱你们！

（写于2019年3月22日，发表于2020年10月《七彩虹》）

二舅爷

　　我没见过二舅爷，但听爸爸妈妈常提起，所以印象特别深。父亲在最后时光，向我讲述了二舅爷的故事。原来二舅爷是我爷爷曾经的妻哥，二舅爷姐姐我爷爷前妻因病去世了，但这门亲戚没有断。父亲从小就一直喊他二舅。

　　听父亲说，自己到天津交通客栈学做买卖，还是二舅爷出面找交通客栈东家和他进行交换，父亲到了交通客栈学经商，交通客栈东家的侄子到我二舅爷的柜上学买卖。那时我二舅爷在天津商界很有名望。

　　学徒时间不长，父亲和母亲订了婚。我姥爷就找我二舅爷，催促让我二舅爷出面和东家说：让我父亲和母亲结婚，东家说这也太快了。二舅爷说明情况，因我母亲比我父亲大三岁，我姥爷很着急，想及早操办婚事。

　　父亲和母亲结婚后，我父亲托人把母亲接到天津。母亲从武强县小范村乘船顺南运河来到天津，直接住到二舅爷家粮店后街大宅院里。那时父亲已经学买卖出师了，年薪水大洋 300 块，父亲觉得自己在二舅爷家白吃、白喝、白住太占便宜了，提出搬出二舅爷大宅院。二舅爷盛情挽留，爷俩谁都说不动谁，就只好默许了。二舅奶奶说，你们刚搬出去单过，一时半会儿找个保姆也不方便，就把二舅爷家刘妈带着到了父亲租的河北二马路新住所。

　　解放初期，我大舅提出要和我父亲合作开袜厂，我父亲问："我没有钱拿什么和你合伙？"大舅说："你二舅家闲房多，腾出几间就算你和二舅两人入股了。"父亲在二舅爷眼里比他儿女都受宠，当父亲和二舅爷一提，二舅爷说："二舅这儿就是你的家，没问题。"

父亲说起二舅爷的故事津津乐道，我听得都入了迷。那时父亲动了手术刚做了支架，母亲怕父亲累着就不让父亲再多说了。现在回想起来非常后悔，如果我能早点听父亲讲讲二舅爷的故事该多好！

（发表于 2022 年 5 月 17 日 593 期《齐鲁文学》）

雨中的姐姐

1954 年的夏天，雷声轰隆隆响，一场大雨倾盆而下。姐姐背着书包站在家门口不想迈出去。母亲命令大哥："广才，拿好伞领着妹妹，一块儿上学去！"说完，母亲披上雨衣骑上自行车上班去了。

大哥无奈地领着我姐姐刚走到元纬路三马路时，一阵大风刮来哥哥和姐姐就走散了。姐姐站在那里大哭起来，没人理睬雨中的小女孩。姐姐想：如果能找到同学，也许可以借下光。

姐姐来到一个小学同学家，门开了，同学妈妈操着上海腔："你走吧，这个时候还来借光……"姐姐站在那里很像那个卖火柴的小女孩，只看着同学穿着雨衣、雨鞋被一个中年妇女抱在怀里。姐姐此刻心里真是五味杂陈。还好，那个保姆叫姐姐拽着她的衣角，在雨里前行。

当走到西窑洼一带时，姐姐脚下一滑，掉在齐腰深的水里。姐姐拼命地喊着，挣扎着。这时，西窑洼小学走出来个教师把姐姐拖了上来，让姐姐进到她的宿舍里，拿手巾给姐姐擦去身上的泥水，摘下书包放在她的椅子背上。让姐姐坐在椅子上休息一下，姐姐缓过神来一看，这就是那位传说中的华侨，教音乐的老师。一身西服，一双高跟鞋，床单白得耀眼，姐姐哪里敢坐呀！

雨小点了。那位老师说："我找个老师送你。"姐姐颤颤巍巍地说："谢谢您！我得走，不然该迟到了。"老师帮姐姐背上书包，送姐姐到了学校门口。姐姐当时的学校是师范中学附属实验小学，现在看也就是一个路口的距离，但在当时马路的路况条件很差，到处坑坑洼洼。她艰难地前行，快要走到四马路与天纬路交口处，一个趔趄姐姐又掉进了水里，她拼命喊："救人啊！"

这时，师中附小一位男老师用健壮有力的手臂把姐姐拉上来，还扛着姐姐把她送到了教室门口。姐姐的班主任李老师走出教室，告诉那位老师说："你受累把孩子送到我办公室去。"

李老师安排了一下同学们，马上回到办公室，帮姐姐脱下了湿透的衣服，擦了擦头发。一会儿，李老师又跑回宿舍拿来一身衣服给姐姐换上，又把姐姐的书包掏出来，把书晾上。包里的早点已不成样子，李老师又把自己的早点拿来让姐姐吃了。

第二节课铃响了，姐姐和李老师一起走进了教室。下学了，姐姐穿着李老师的衣服回家，李老师怕姐姐穿她的衣服太大捧着，又帮姐姐卷了卷。第二天李老师把姐姐衣服整齐地叠好，交给了姐姐。

1974 年，姐姐从师大毕业了，她到学校去看李老师，一打听才知道李老师早已退休，没人知道她住在哪儿。一年后，姐姐又去了一趟学校，碰上了曾教过她的张老师。张老师说李老师已经走了好几年了。姐姐站在那儿哭了起来，她向李老师住过的宿舍鞠了几个躬。姐姐默默地向李老师发誓：一定要做一个像她一样的教师。姐姐想去看那个华侨老师，张老师说："那位老师被打成了"右派"，改造后又回马来西亚了。"

姐姐毕业后分配到市教育局宣传处，她不喜欢在机关工作，还是想像李老师一样去净化孩子们的灵魂，去教会他们用笔启迪人生，把眼中看到的一切呈现在世人面前。

姐姐主动到师范学校教写作。为了尽快提高学生写作的能力，姐姐除了讲教材，还每节课提前写出范文，传授给学生。50多个学生一个星期写出150多篇作文，全部由她批阅。有争议的地方姐姐还和她的学生一起探讨。

后来姐姐结婚了。因为单位离家太远了，她调到了中学开始新的尝试。姐姐除了本专业外还继续进修心理学、教育学、计算机应用。就这样，姐姐成为天津市中等教育系统心理疏导师。孩子厌学，家长找她；早恋了，班主任找她；填报志愿，学生找她；甚至后来学生们交朋友也找她。姐姐在众人的非议中提出了"条条道路通罗马"的观点，指出上大学不是唯一路径，但要有情商与生存的能力，不可成为寄生虫！她与很多学生成为知己，成为朋友。

在雨中的老师早已不在了。但姐姐从不敢食言，她实践着自己的诺言。

（发表于2021年1月1日《海河文苑》，2021年2月23日《中老年时报》第7版）

我和三哥

三哥走了，我有一种说不出的难过。我天天在想给三哥写一篇祭文，悼念他，但不知如何下笔。

三哥大我四岁，小时候我和三哥都在元纬路小学上学，我刚入学的时候，三哥已经是五年级的学生了。三哥在学校里可有名了，他是我们学校少先队大队长，而我想在二年级第一批加入少先队，却连影子也没有。我也有出彩的时候，那就是我二年级登上全校结业式大会文艺演出舞台，唱了一首《游击队之歌》，三哥班里的同学们都知道了我是他弟弟，为此我也很自豪。

后来，三哥升入初中离开了元纬路小学，我也有一个特殊机会，走进了河北区文化馆参加演出队。

1968 年我小学毕业，整个年级都升入了河北中学，我又和三哥在一所学校了。河北中学坐落在"海河之北"（天津市河北区）元纬路上，当时天津市隶属河北省，它是河北省教育厅的直属学校。我们的校长曾任过驻越南大使，可见省教育厅对河北中学的重视。教室里冬暖夏凉，所有学生都可以住校。一个班才十七八个学生，却有五六位老师负责班里学生的学习、生活。我进校后三哥嘱咐我："要听老师的话，不要瞎掺和别的事。"我那时似懂非懂地点了点头。

学校对过搭了个舞台，我被安排跟同班同学上台，跳起了《北京的金山上》的舞蹈。一位胡同大爷看了我演出后，对我说："五子跳得还真不错。"这些都是我和三哥在一个学校经历的故事。时间很短，三哥就上山下乡了。

1970 年我被分配到天津铸锻件厂，三哥在河北省承德地区平泉县黄杖子公社猴山沟大队下乡。后来三哥被选调到河北师范学院英语系。放寒暑假三哥回家，他在院里对着墙念英语，那一刻我可佩服三哥学习的刻苦劲儿了。在我们这一辈人中，三哥学历最高，职称被评为教授，而我只是在区属夜大上了一年半"宣传报道"培训班。

三哥多才多艺，他背着手风琴到山上去拉琴，每天坚持用钢笔练字，每做一件事都力求完美。他说要把他写的一首诗歌《庭院深深》转给我看，因为我也写了类似题目的诗歌。那首诗是送给我小学时的一个同学，那个年代学生多而教室少，安排不了整天上课，低年级只能上半天课。我在这个同学家的"学习小组"一起做功课好几年，她家院子可大了。我写后拿给三哥看，他也非常喜欢这首诗。

三哥还说将来我出书时，他可以找他的学生帮忙，但没有等到那一天的到来。

三哥，我现在已经发表了几百篇习作近 30 万字作品，正准备出书。但我们兄弟俩已经阴阳两世间，正像《冰山上的来客》唱的那样：你再也不能看到我的习作，听我歌唱。那一天我特意面朝北方，唱起了电影《冰山上的来客》插曲《怀念战友》，以告慰与我永远离别的三哥。三哥！我的歌声你听到了吗？

清明节快到了，谨以此文悼念我亲爱的三哥。

（发表于 2023 年 4 月 8 日《中国乡村》，荣获第二季度优秀奖）

我给四哥过生日

今年是癸卯年，也是四哥的本命年。四哥72岁了，正月初六是他的生日。这是我第一次给四哥过生日，本想组织"五子天地"公众号微刊粉丝们搞团拜时，请上四哥、四嫂一起过来，给他（她）一个惊喜，过一个别样的生日。

但当我到了四哥家，看到四哥的一刹那，我的心就如同被一把无形的尖刀深深地刺痛了一样，四哥怎么变成了这样？！只见他身躯消瘦，煞白的面孔，无神的眼睛……我有一股说不出的辛酸和悲哀。

当年在乒乓球赛场上，一个左右开弓的矫健帅哥、一个驰骋游泳场的运动健儿不见了，映入眼帘的竟是如此惨象。四哥步履蹒跚、弱不禁风的样子，不免让我视线模糊，没想到病魔竟使他如此体弱、衰老不堪。此时，我知道四哥已无法享受我给他带来的惊喜和快乐了，回家的路上我边开车，边抹眼泪。

50多年前，四哥16岁时就积极响应党的"上山下乡"号召，到边远穷苦的农村劳动锻炼，他是偷走户口本自己转的户口。本来学校分配他到天津近郊插队落户，可是他却去了河北省承德地区的郭家屯。在那里，他和农民们一起战天斗地，摸爬滚打好多年，没少吃苦受累。

30年后，四哥下乡的村子里有一位老乡的孩子在我公司应聘打工，一天家里来电话，说是他父亲过世了。得知这一消息后，我和四哥一同开车送这孩子回老家料理后事，因为他是家里的长子。我们一路狂奔，半夜才进了村，看不清村里的村容村貌，找不到一条平坦的路，汽车还拖了底。当我们走进这个孩子家里时，一脸茫然，想不到他家竟如此贫困，一家人合盖一床被子，屋子里除摆放着城里早已见不到的破旧的不足三寸宽的长条凳子外，别无他物。当他把烧开的水用旧瓷碗端给我们的那一刻，我与四哥不知所措。家徒四壁的场景深深地印在我的脑海里，挥之不去。那一刻我才真正体会到四哥下乡的那些年的艰苦，可四哥每次回家总是报喜不报忧。无论何时何地，四哥总是为他人想得多，为自己想得少，吃苦受累对他来说不算什么。

四哥退休后，主动把父母接到身边，端吃送喝，任劳任怨，从无怨言。有时父母对他发火，他就像小孩子一样"嘿嘿"一笑，从未放在心上。当我们其他子女想接父母来家小住时，两位老人总是推三阻四地说："在老四家住惯了，其他地方不习惯！"即便有人把二老接走，哪怕再孝顺，二老也住不了几天，很快又回到了四哥家里。四哥孝敬父母付出了那么多，但他并没有像其他子女那样得到二老的偏爱，可他无怨无悔……

凌晨五点钟，我醒来靠在床上，打开手机想对四哥寿辰表达祝贺，可想了许久，总无头绪。无奈，只好把我在一次聚会时朗诵田华老师"获奖感言"的视频传到朋友圈，请大家一起分享，并祝福四哥生日快乐！我想，虽然没有像计划中那样欢快热烈，但是用着另外一种方式祝福，他也是开心的。

祝愿四哥健康、幸福、平安！

（发表于 2023 年 2 月 8 日《中国乡村》）

永远的大年三十

当我迈进第 67 个大年三十时，我想起了我的父亲。

说起父亲，我小时候很少受到他的宠爱。父亲是一个独生子，祖孙三代都单传，可谓千顷地一根苗。所以父亲膝下儿女六个正是祖辈期盼的"儿孙满堂"。再加上我生下来后，父亲就在北京工作，更拉长了我和父亲情感的距离。都说"距离产生美"，可直到父亲退休后我感觉我们父子的感情并不深厚。

我娶妻生子后，父亲过问得很少很少，这就造就了我自立自强，从不向父亲伸手。直到有一天女儿已上五年级了，父亲自愿到学校门口接我女儿，我才感到父亲对我的"爱"就在身边。

父亲虽然级别不高，但是他结交甚广。记得当初我结婚时，天津市各区、局认识父亲的叔叔、大爷都来了。当我和妻子走进宴会大厅时就傻了：几十桌的宾客！要知道，那可是 20 世纪 80 年代初，一般家庭在家里摆几桌就算了，到饭店举办婚礼的家庭可谓凤毛麟角，少之又少，同学中没有，同事中没有，亲戚中也没有。那时父亲正在其位，北京朋友来没来，收没收礼我不知道。但据父亲讲，参加我婚礼的人级别都不低，一般出手五块钱不算多，因为一桌饭菜 25 元左右，我和妻子有说不出来的感受。结婚后，每次父亲从外地或北京回到天津，哥哥姐姐都被父亲偷偷接济过，而我一分钱也没见过。所以父亲来了我从不靠前，招呼我就见个面，不招呼我就"二堂等候"。

时间过得真快，一晃父亲已经回到天津，不补差了。那年大年三十晚上，我当时开了家商贸公司，机缘巧合成为销售"十三香"的代理，往各个超市配送，除夕员工都放假了，超市"十三香"卖断货了，来了订单我就驾车亲自去送货。那天傍晚华灯初上，在从大港回来的路上接到父亲的电话："还没完事哪？一家人就等你吃饭了！路上注意安全……"听到这里我已经泪流满面，这是40多年第一次听到父亲对我关爱的话语，我哭了起来。

慈父手中线，得到宠上天。如今话昨日，父爱刻心间。我盼父语再重现，却已成天上人间。那年的大年三十，我多想大年三十成为永远……

（发表于 2021 年 4 月 1 日《海河文苑》第 2 期）

我与秃尾巴老李二三事

我生于癸巳年乙未月庆离日，胡同张大娘在我出生那一刻对母亲说："这小子是秃尾巴老李给他妈妈上坟的日子投生的，她王婶，你瞧好吧！"

70年过去了，母亲今天如果健在整整100岁了。我上面有三个哥哥、一个姐姐，下有一个妹妹，我在家行五，大家都喊我"小五子"，这个称谓不知喊了我多少年。到我参加工作，也没有得到一个被人尊敬的"称谓"，老了我创办了"五子天地"公众号微刊，还被人打趣。

不说这些了，言归正传。

母亲生我的那天傍晚，是狂风暴雨的天气。姐姐和张大娘一起去请接生婆，姐姐大我六岁，父亲在北京工作，家里的事母亲全都让姐姐承担了。姐姐瘦小的身躯撑着个伞，被风刮得几乎走不了路，最后她回到家成了"水人"。每当我听到姐姐讲我降生时的经历，我对姐姐都充满一种说不出的情感。我好想抱着姐姐大哭一场。

传说秃尾巴老李长得黑，我也不白，黑得让大家纳闷。我和姐姐曾拿着板凳到天安门广场看红卫兵演出，外地串联的大学生问姐姐："你弟弟是非洲人吗？"

现在我老了却在社区担任党委委员，负责社区志愿者组织工作。我们社区5个楼区175个楼门，完善健全这支队伍可不是一句简单的话、容易的事。老旧小区居民年龄偏大，原有的楼栋长是以收清洁费工作为主，而现如今社区建设以"创文""创卫"为抓手，以让居民过上美好生活为前提。于是，我把在其他社区当指导老师的成功工作经验借鉴过来、在社区开展了唱歌跳舞活动。这样既把社区居民的文化生活活跃起来，同时也调动了居民的积极性，大家踊跃报名，积极参与，呈现出一种争先恐后的喜人景象。

党委还专门开会研究制订了"五制工作法"：社区党委负责制，支部书记责任制，志愿者义务奉献制，楼栋长对接制，商户参与制。当年底最后一个楼区召开楼栋长上任大会时，我激动得哭了。这是一年的心血呀，承载了每一个热心居民志愿者的故事，最让我感动的是一个新一届支部书记，他对我说："王书记，我老娘90多岁了，让我好好伺候她，等老娘百年后，我一心跟着你干。"我听后和他拥在了一起。我说："我和你有一样经历，你的支部社区的事，我来帮你组织。"怎么办呢？我又搞了5个栋门一个组长，这样就减少了整个楼区一个负责人的工作量，此方法实施后工作非常顺利，全市每次大筛查都干得非常漂亮，楼区志愿者按顺序招呼各楼门居民下楼，5个楼栋组长负责配合各楼门长挨家挨户敲门，每次大筛没有漏掉一个居民。

在母亲百年诞辰来临之际，我想起秃尾巴老李给母亲上坟的故事，秃尾巴老李治理黑河造福百姓，我与他无法比。但我在生我养我的这片土地上实实在在做点事，满满的幸福感油然而生。

（发表于 2022 年 4 月 28 日《天津日报·北辰之声》第 20 版）

亲情篇

祝福礼物

农历六月二十八日是我的生日。时光荏苒，我已经 66 岁了。66 岁这个生日按老习俗应该过得隆重点，所以家人也就像模像样地为我举办生日宴。

一大早，我的手机微信就收到了姐姐的祝福语，这个祝福饱含浓浓的深情。

姐姐在微信里写道："农历六月二十八日是小弟 66 周岁生日，祝小弟快乐！"这一天同时也是母亲 5 周年祭日，让我又想起姐姐叙说的 66 年前的今日。

（姐姐回忆）那天是公历 8 月 7 日。下午一场大雨瓢泼而下，整个天空漆黑一片，母亲躺在里屋的床上喊我："玲！和你哥快把炉子抬进屋里来，别让雨浇灭了！"

当时姐姐只有 6 岁，连 1.3 米身高都没有。她和大哥费尽九牛二虎力气才把炉子抬到屋里。

母亲又嘱咐姐姐熬点儿粥，姐姐哪里知道粥咋熬呀！母亲有气无力地躺在床上，告诉她熬粥步骤。水开了，把玉米面下到锅里，姐姐站在锅旁边用饭勺使劲地搅拌。

母亲当时已经疼得说不出话来了，远在北京的父亲还没回来，姐姐跑到里屋大声喊着：妈妈，她怕妈妈闭上眼再也睁不开，就用手给母亲擦去脸上的汗水。母亲睁开眼睛小声告诉姐姐说："让他们吃饭，你去找张大娘，告诉她，妈妈要生了。"

姐姐顶着雨跑到张大娘家，张大娘三步并作两步来到我家，告诉哥哥烧水，然后带着姐姐去请接生婆。狂风暴雨把姐姐的伞刮跑了，姐姐追着把伞找回来。张大娘催促她说："玲，快点！"姐姐索性抱着伞跟着张大娘一路小跑。待接生婆和张大娘一起来到我家后，姐姐已成了"落汤鸡"。

不一会儿工夫，哥哥姐姐们听到我的哭声，张大娘出来告诉他们，母亲又生了个小弟弟，姐姐悬着的心终于踏实下来。

听着我的哭声震耳欲聋。姐姐给母亲端了一碗红糖水，母亲看到姐姐湿漉漉的头发和衣服说："快去换衣服！"

张大娘帮着送走了接生婆，又给母亲煮了几个鸡蛋。

母亲说："玲，饿了吧？去吃点饭吧。"姐姐答应了妈妈，一回头看到锅摆在地上，空的！两个弟弟、一个哥哥像饿狼一样，一会儿一锅粥全喝没了。

一切趋于平静了。母亲说："这是秃尾巴老李来家看妈来了。"（传说阴历六月二十八，托塔天王李靖儿子哪吒驾风携雨从黑龙江赶到海河给母亲上坟）。

我的降生给母亲带来了痛苦，同时也带来了无限的生机与希望，更让姐姐亲身感受到一个母亲的能量，只要有一口气，母亲就会使出全部力量保护着她所有的儿女。

从此我在母亲心中成了上天赐给她最珍贵的"礼物"，这就是我——"小哪吒"。

看到姐姐发给我迟到六十六年的故事，我哭成了泪人。

那天我用微信回复给姐姐，写下了"我是哪吒"：

六十六年前我驾风携雨

六十六年后我大事未成

但在风雨中

奔跑的小女孩

追着伞跑丢了鞋

刻在我生命中

她瘦小的躯体

在我心中顶天立地

姐姐迎我出生

我陪你到老

这就是小弟的心声

姐姐我爱你

（发表于 2020 年 4 月上旬刊《中华传奇》,2021 年第 3 期《中华风》）

老伴儿

老伴儿的话让我动容,心里有涩涩的感觉,丈夫的责任感油然而生。

深秋,因为季节的变化,老伴儿的身体出现不适,导致头晕而卧床休息,很难受的样子,也让我不知所措。和老伴相伴40多年,我深知老伴的性格,她的脾气秉性很内向,不多说善道,她的性格养成也和做财务工作的职业操守有关。多年来,我也尊重老伴儿的个性,从我内心本着爱意出发,对她言听计从。只要她高兴我就顺着她,所以我们夫妇俩是妇唱夫随。

我的性格与老伴儿相比属于外向型。比如我退休后参加社区居委会文艺活动,有时候活动频繁就顾不上照顾家,老伴儿难免会有牢骚和怨言。她说:"我也管不了你,你爱怎样做就怎样做吧,好在你忙的都是社区活动。"说心里话,听到她这样说,我心里很高兴,心想她其实也是支持我啊。作为丈夫,我对老伴儿的顺从就觉得是疼爱她了。我嘴也笨,不善于夫妻间进行甜言蜜语的调侃,所以总感觉自己做得良好。

时间久了,就忽视了她。最近由于深秋季节天气的变化,老伴儿头晕病倒了。也由于着急,我心烦气躁,睡不好觉。夜里我从睡梦中惊醒,心想不行,我必须带她到医院去看看!就这样,我连夜把她带到医院看大夫,由于诊疗及时,老伴儿身体慢慢地好起来了。不久,我们老两口开始了"分居"的日子,她住闺女家,我每天晚上回自己家,也怕影响闺女一家休息,老伴儿不舒服的几天我也让她回自己家。刚在自家住了一天，老伴儿不放心外孙，就要回闺女家，我就顺着她把送她到闺女家，我看着房间灯亮了，就放心地回自己家了。

手机响了，是老伴儿打过来的。她说："我知道你会等着我把灯打开，你看见灯亮才走的，你这两天够累的，赶紧早点睡觉歇歇吧。"

说实在话，这几天忙社区活动加上照顾老伴儿，我还真的感觉好累呀，躺下就睡了。

又是电话响起，我一睁眼原来天已大亮。我拿起手机，传来老伴儿的声音，她模仿着外孙的口吻问我："姥爷，你醒了吗？你是不是很累啊？姥爷啊，我后半生全靠你了，别管这事那事，我就指望你照顾了。"

听到老伴儿这些话，我感觉作为一个男人，妻子说出这些话，她是有多知足，我只是尽到一个丈夫应尽的责任，做点该做的事。她的话也让我感到做男子汉为人之夫值得了。

我们老两口为闺女带孩子虽然付出了辛苦，当邻里说我们外孙戴两道杠夸奖孩子优秀的时候，我们老两口别提多自豪了。老伴儿为家庭比我付出得多呀，我内心深深地感谢老伴儿对我参加志愿服务社区工作的支持。我也大着胆子对她调侃一句："老婆，谢谢你对我的信任。"

（发表于 2021 年 11 月 11 日"天津日报·北辰之声"第 24 版）

老伴儿二三事

我与老伴儿的婚姻不算"包办"，但也不属于自由恋爱。老伴儿的父亲工作在天津二轻局供销处，我父亲工作在北京，父亲常到天津二轻局供销处办事，一来二去与办公室张阿姨提起孩子婚事。我岳父人老实厚道，拜托张阿姨为女儿介绍对象，张阿姨一看两个孩子条件相当，于是把我介绍给她，我就成了她的"囊中之物"了。我与老伴儿40多年婚姻说不上多么轰轰烈烈，但在相互了解与磨合中，磕磕碰碰走过来了。妻子不爱说话，动作有点慢，我是个急性子，不太沉稳，但我接受新事物还是比较积极的。每次听老伴儿讲她经历的过往，我都入耳入心和她分享其中的感受与乐趣。

我还年轻

有一天，老伴儿从菜市场回来对我说："你说这市场管理员什么眼神，一个跟我年龄相仿的男士，进入市场买东西不会用支付宝扫场所码。"管理员说："你看人家奶奶这么大岁数了都会，你这么年轻大老爷们啥也不会。"老伴儿听后问那位男士："您多大岁数了？"先生回答："68。"老伴儿说："我们俩同岁。"老伴儿问我："我有这么老吗？"我连忙说："没有，没有。"老伴儿愤愤不平地说："我都让这些人给喊老了，哼！"看着老伴儿孩子般的天真，我忍俊不禁。

学扫码

说起老伴儿学使用手机扫码也是逼出来的。每次老伴儿到华润便利店买东西，进门扫码怎么也弄不好，理货员帮着操作有时也弄不好，还一个劲儿埋怨老伴儿："您买东西以后早来一会儿，快下班了，您一个人影响我们店准时闭店。"老伴儿听了很内疚，回家以后让我教她，她学得可认真了。老伴儿上班时是干财务的一把好手，退休了对智能手机不屑一顾。恰恰是她的不重视，疫情来了老百姓出行处处离不开手机，让她受到了限制。老伴儿让我耐心一点教她，一遍两遍，也不知道多少次，终于，老伴儿学会了智能手机的使用。然后她还当起了老师，教我家保姆查"车来了"，老伴儿说："现在是大数据时代，不会使用智能手机，那只有被社会淘汰。"

卖废品

一天，老伴儿对我说："我今后再也不卖废品了。"怎么回事呢？原来，老伴儿退休后热衷卖废品，只要她认为没有用的准给你当废品卖了。为这事我没少和她吵架，我说我的，她照卖不误。像曝光箱，我保存多年发表文章的报纸杂志，女儿小时候的机动玩具，卖得我家打开每个柜子几乎都是空的。老伴儿说，老年人就应该过简单的生活，要舍得断、舍、离。这天，楼下收废品的来了，听到吆喝声，老伴儿探出头告诉人家等一会儿，她把整理了一个月的报纸和装水果的箱子拿到了楼下。收废品的一看东西少，不愿意收，不耐烦地说："不要。"老伴儿知道自己卖的废品太少了，还一个劲地央求人家："我再上楼给你找找。"收废品的理也不理地走了。老伴望着远去收废品的人不知如何是好，在返回楼道准备上楼时，她又转身走出楼道门，把这箱废品扔进了垃圾桶里。

老伴儿跟我说："今后我再也不卖废品了。"我正高兴准备鼓掌时，却听老伴儿接着说："我如果把废品送给这些收废品的人，他们还得谢谢我呢，块儿八毛的也不值当的卖给他们。"得，我白高兴了。看来，我还得把我需要的物品看管好，不然又让老伴儿给我处理掉了。

我和老伴儿40多年的婚姻生活，虽有不同意见，有时还各持己见，但也不乏点点滴滴的生活乐趣。我常想：婚姻生活中，平平淡淡才是真。虽然有时是一地鸡毛，但学会包容欣赏，努力活成岁月静好的样子，生活才更有乐趣，婚姻才更甜蜜。

（发表于华语作家网）

老伴就爱"瞎操心"

王爷爷和陈奶奶相亲相爱 40 多年了，可是老邻居依然称呼他们俩人为王爷爷和陈奶奶。

陈奶奶是广播电台的忠实听众，王爷爷的兴趣爱好广泛，听广播也是他的一项爱好，老两口在一起谈的最多的话题就是电台广播。

陈奶奶喜欢听交通广播电台的节目，尤其喜欢白刚这个主持人。说起白刚，陈奶奶像讲故事一样，把每天她听到的广播里播出的事情复述得头头是道。陈奶奶说，好些日子了，她就感觉王丽和白刚直播不协调，白刚播音时，王丽从来不搭讪，好像两个人的广播，只有白刚一个人在说。陈奶奶继续说："咱也不知道台里领导是不是意识到了这个状况，我这个老太太都听出来了。"结果没过多少天，悲剧还真的发生了。那天白刚、王丽在直播节目时，两个人因一句话不和，白刚摔门而去，造成了很不好的社会影响。

陈奶奶继续说："白刚就这样终结了广播生涯，这多可惜呀！我听了一辈子的广播，还从来没遇到过这样的事儿。现在年轻人的修养真差，平时两人如果有矛盾，领导应该协调啊，为什么让这么严重的事件发生在直播间呢？一个播音员要有责任感，要有担当意识，进入直播间了，你就不能只属于你自己，即使有天大的委屈，播完了节目可以去找领导，也不能摔门罢播，太可怕了！白刚也是，连工作都丢了，怎么养活自己的两个孩子呢？"为这事儿，陈奶奶好几宿睡不着觉，王爷爷看了都心疼："我说老伴儿啊，白刚有事儿没事儿都不重要，你就别'戏台底下掉眼泪——替古人担忧'了，别闹出病来。"

陈奶奶和王爷爷说起交通广播如数家珍，所有广播员的尊容相貌、个人履历，陈奶奶让王爷爷上网查了个遍，就像关心自己的儿女一样关注他们。这两天，陈奶奶又谈起主持人李申的婚事来，陈奶奶掰着指头说："李申快50岁了，该找个伴儿有个家了。我觉得咱们家小侄女不错，你给打听打听，我看挺般配的。"王爷爷一听乐了："你呀，竟想入非非。人家李申在电台工作，身边的美女如林，咱们家小侄女离婚待嫁都45岁了，这怎么可能？"陈奶奶说："你给问问，万一有戏呢，咱不也做件好事吗？"王爷爷说："我和交通台又没有认识的人，怎么打听？"陈奶奶说："你们老院有个邻居不是在电视台工作吗？你去问问。"王爷爷说："老院的邻居都退休多少年了，再说也不在一个部门，你的想法太离谱了，我帮不了这个忙。"陈奶奶愤愤地说："你不管拉倒，哪天我见了老院邻居我自己问去。"王爷爷听着陈奶奶这执着的言语，不得不佩服地说："你是真能'瞎操心'！"

虽然陈奶奶有些"替古人担忧"，但是她的善解人意、她的乐于助人还是让王爷爷骄傲的。

（发表于 2022 年 9 月 23 日《齐鲁文学》）

陪妻女"逛"小白楼

35 年前，我在天重厂承担煤炭采购员工作，那股执着劲不可小觑，每天脑子里都是煤炭、煤炭，妻子说我"掉"煤堆里了。

这天是节假日，我答应陪妻子和女儿逛小白楼（我已经答应几次都因工作原因未成行），妻子和女儿别提多高兴了。我们一家人遛着逛着，来到起士林对面的原天津煤建公司大院门前，我对妻子说："我进去看看是哪个调度值班。"妻子满脸不悦但也没说一句话，我就大步迈进煤建公司的大院里。

我是个工作狂，正好赶上熟悉的窦调度值班，我们就天南海北地聊了起来，其实我心里还是惦着，大同办事处是否给天重煤炭安排请车了？

说起煤建公司大同办事处，它是天津煤建公司专门安排与大同矿务局和大同铁路分局协调沟通的一个部门。天重厂煤炭虽然可以从大同矿务局直接发运，但也属于天津煤建公司安排车皮计划和请车发运工作范畴。我主管煤炭采购工作后，逐渐掌握这套程序的全过程。我就破例和大同矿务局所属矿发运组直接联系。这一点使天津煤建公司大同办事处十分不满意，只是面对我独有的"优势"不得不默认罢了。说到"优势"就是我有熟人在北京铁路局运输处。但我想：靠熟人只能是一时一事，绝对不能长久。要靠自己打通这些环节，与每一个环节近距离接触，这样才能保证天重煤炭的供应。

这些环节包括从大同矿务局所属矿发运组到车站值班调度，再到大同铁路分局调度值班，以及天津铁路分局调度所卸车组，煤建公司调度值班室以及南仓站卸车组，每一个环节的人我都十分熟识，有的我还专门到他们家拜访过。这在 35 年前可是我独有的"优势"。这个"优势"是无人能及的，今天回忆起来还是有点儿沾沾自喜。

我和窦调度聊得正酣，门卫敲门进来问："师傅，门外有个大姐带着孩子是在等您？"窦调度一听，说："王兄，你带着嫂夫人和孩子怎么不一块进来？这事搞的……"

35 年过去了，我每每和妻子谈起过去的时光，心里总有一种说不上来的愧疚。我在天重厂承担煤炭采购虽然不到 10 年时间，但天重厂煤炭供应一天也没耽误，水压机铿锵的锻造声中也有我的付出。尽管天重早已不存在了，但我把妻子、女儿高兴逛街的事情都抛在脑后，一门心思全都放在催煤工作上，这段小插曲，永远留在我人生岁月的记忆里。

（发表于 2021 年第 4 期《北斗星》）

擀面条

早上，我给女儿做了碗面汤，细挂面条没有了，我和了一块面，擀了面条，煮好了，热气腾腾端上桌。看着女儿喝着我亲手制作的面汤，我不禁为自己骄傲起来。

小时候，我四哥擀面条那个细呀，让我佩服得五体投地。上班以后忙起来就买挂面、买面条，再也没有擀过面条。再加上结婚后做饭的事儿大部分都由妻子承担，我也就退出帮厨的角色。以至于后来我从单位退下来，到菜市场买菜偶遇老同学妻子拉起家常，她认真地说："没想到你还会做饭买菜？"那一脸质疑的表情不知尴尬不已。父母家、岳父岳母家都有保姆，轮到我去值班，人家都不让我进厨房，所以我想展示厨艺也没人给我创造机会，好像我就是一个不会干家务的男人。其实少年时光里我啥都学过。

解放后，父亲一直在北京工作，而母亲天天上班出门前都要交代我们，谁回来早谁做就什么家务，锻炼我们承担家务劳动的意识和责任感。我的少年正好赶上那段特殊岁月，在家里待着，所以全套家务劳动，炒菜做饭，拆棉衣扞裤子等我都学会了。结婚后有了女儿，岳母不会做针线活，母亲又到北京去照顾我父亲去了，我就自己动手给女儿续棉花做小被子、小褥子，着实让自己"风光"了一把。

我在大家的眼里好像只会做业务，当"经理"，其实我还是"多才多艺"的丈夫、父亲，只不过没有得到认可。是呀，从结婚到今天已经 40 多年过去了。现如今，我送走了父母、岳父岳母之后，我和老伴儿帮女儿带小外孙。闲暇了写点经历的故事挺好的，但我还是希望女儿学会擀面条，我认为只有吃自己擀的面条才有家的味道。

（发表于 2022 年 7 月 8 日《中乡美文化》）

暖 男

那天的后半夜三点，我招呼老伴儿起来喝水，老伴儿眯着眼睛说不想喝。我递给她体温表，让她第五次测体温，她非要自己把体温表夹在腋下。我退到小屋翻看昨晚七点由网格员采走的核酸结果，网络显示没有报告。十分钟后，我想从老伴腋下取出体温表，老伴儿倔强地非要自己取出体温表，眯着一条缝的眼睛看了半天告诉我："还是 37℃多。"我接过体温表，认真仔细地挨着灯光看，反反复复看了几遍，终于看清是36.4℃。老伴儿说："你不用一小时让我一测，你不睡觉光惦着这事没必要，我可不会这样盯着……"我要关灯，老伴儿说要去卫生间。她从卫生间出来往大屋回时问我："检测报告出来了吗？"我回答："没有。"她说："你用不着这么精心，回头把你累病了，我可怎么办呀？"

我们夫妻两人在一起43年了，尽管妻子和我有时磕磕碰碰，但当妻子需要我时，我还是要勇于担当。

记得有一年，老伴儿患了尿道炎，在市第二医院急诊观察室，我也是尽心尽力地照顾她。旁边一位大娘看了问："这是儿子吗？"老伴儿没好气地反问："您看我是不是像他妈？"我赶紧打圆场："我是她丈夫。"大娘余兴未尽地继续说："大哥，你搞个大媳妇？"我马上回复："我大她一岁。"大娘自己来输液，没有人来陪她，她就接着说："大姐你真有福，怎么搞个这么好的丈夫？"老伴儿没好气地说："他就这样，可会在人前表现了。"大娘还要继续说，我一看大娘输的液快没了，却把注意力扯到我和老伴儿身上，我怕老伴儿再听下去该不高兴了，于是就说："大娘，我给你找护士起针。"大娘输完液临走时还说："大姐你哪辈子修来的福，搞这么疼人的大哥。"我笑了笑，应承着："应该的。"大娘走后，老伴儿对我说："我说你别当人面这么'暖男'，行吗？"我没说话，又给她盖了盖单子。

时光荏苒，一晃都老了。我总在想，老伴不是很理解我、欣赏我，但又离不开我。人呀，这就是命！当一个人选择另一半时，还是找一个理解你、欣赏你的人好。

（发表于 2023 年 1 月 23 日《中国乡村》）

亲情篇

外孙与足球

外孙已经上四年级了，今天是他课后足球队活动日，我到学校门口接外孙，突然听到一位外孙小伙伴的家长问自己儿子："哪个是你们年级足球队'球星'？"我顺着小伙伴所指的方向看到了我外孙，并听到他对家长说："就是他！"

外孙从学校大门走出来对我说："姥爷给我擦擦汗。"外孙后脑勺的头发湿漉漉的，我用身上仅有的一张餐巾纸，为外孙擦了擦被汗水浸湿的头发，餐巾纸全都沾满了汗水，但外孙后脑勺的头发依然是湿的。我问外孙："你干嘛这么卖力气？"外孙告诉我："今天课后足球队活动，老师让我参加了两场与高年级足球队比赛，我进了三个球。""三个球？"我惊讶得几乎要喊出声来。外孙与比他高出近一头的高年级足球队比赛，他得付出多大努力呀！看着外孙湿湿的头发，我真是心疼。

记得外孙上一年级时，刚被挑选到年级足球队。一天，外孙下学后，回到小区在景观池里与小区的小朋友一起踢球，小区的一位小男孩找到我外孙要单独"较量"，我也是站在池边听到他喊外孙的名字："十八班的我不服你，咱俩现在再踢一次！"听到这，我赶紧打听是怎么回事。原来这个小朋友和我外孙是一个学校同年级的同学，今天足球老师让所有报名的小朋友在足球场一对一较量，现场除了七八十个同学外，还有于根伟培训队的教练老师们一起评判爱好足球小朋友的去留，这个小朋友和外孙一对一较量，结果被我外孙打了个3比0。外孙所在的年级一共有 20 个班，每个班有三四个同学参加挑选，他没有留在足球队觉得很窝火、很没面子。回到家后跟他母亲说，仍不服气，来到小区里小朋友天天踢球的地方找我小外孙"较量"。我拍着气势汹汹的小朋友肩头劝他："明天爷爷到学校去找你们老师，让你也进足球队，好吗？"那个小朋友这才点点头，怏怏地回家写作业去了。

4 年来，小区的小朋友一踢球准冲着楼上喊我小外孙，自从他担任年级足球队队长后，小外孙踢球在学校、在小区更有"名气"了。今天这位家长想通过孩子认识认识我小外孙，也就顺理成章了。

可我也不清楚外孙从啥时候起爱上足球的。但我记得外孙在房厅里摆上塑料凳子，隔好间距练盘带。我是打心眼里不赞成外孙踢足球的，但每次外孙与小区小朋友踢足球，我都充当摄像与解说员。

本届世界杯足球赛期间，外孙把我喊到电脑前，让我帮他在表格里面敲击文字。我一看，他把卡塔尔足球赛的进度特意制作了一个表格，随时标注各小组比赛情况。那一刻我知道外孙虽然才四年级，但他与足球结下的"缘分"已无法改变。

（发表于 2023 年 3 月 3 日《中国乡村》）

没有足球就没有阳光

小外孙已经读小学四年级了，他十分热爱足球运动。他最爱讲的一句话就是："没有足球，就没有了阳光。"

小外孙刚上一年级时，学校体育老师招募男同学组织年级足球队，他就被选中了。小外孙回家后，兴高采烈地告诉了爸爸妈妈，我听到后很担心地说："踢足球多危险，而且运动员老了以后伤痕累累，一到阴天下雨浑身上下哪都疼，受过伤的部位都有不舒服的反应。"因为我家一位亲戚原来在市青年足球队踢球，比我小不了几岁，身体却不像年轻时那么健壮。我怕外孙将来也会有同样的结果，而且我也担心影响他的课业学习。

外孙对我说："姥爷，您放心，现在都是科学训练了，不会有事的，再说我会努力学习的。"

外孙进了足球队后，我发现他发生了不小的变化，以前比较内向，现在活泼可爱了，对班里的事十分热心。二年级时，老师让同学们自己报名当班干部，外孙竞选成功当了劳动委员。劳动委员负责擦黑板，打扫教室卫生。一个学年下来，又投票选班干部，小外孙落选了。我怕他失落，想安慰他，没想到他还有"独到见解"，他说："我不会拉票，同学们选我，我就干好它；选不上我还有足球，班上的事我照样关心。"

"还有足球"，外孙把踢足球当成他日常生活不可缺少的内容，是我没想到的。我感叹他这么小的年纪比我这个老人还看得开。因为三年的疫情，外孙一直在家里线上听课，所以很长时间没有到学校去。但是外孙在小区里可没少踢足球，他还让爸爸给买了足球门框架，摆在客厅里练起了扑球，我这个70岁的老人竟当起了掷球手。

恢复线下上课以后，外孙他们年级的足球队也恢复了课后训练。让我高兴的是，教练老师让外孙担任了队长一职。他每次兴趣辅导班练球后我去接他时，他第一件事就是告诉我，今天他在小朋友助力下进了几个球。那一刻我感觉外孙真是个追逐足球"阳光"的孩子，对足球的爱好更激发了他对文化知识的学习意识，好像学习不刻苦就没有了足球，就失去了"阳光"。

现在我明白了，只要外孙德、智、体全面发展，在他成长的过程中能够感受到快乐，就应该支持他。这是他的向往，他的梦想，也是他的收获。祝福他，在追逐足球的路上越走越宽广。也许将来奔跑在绿茵场上为国争光的运动员里，有我外孙的身影呢！

（发表于 2023 年 4 月 3 日《中国乡村》）

两张照片

当我把黑白和彩色两张照片摆放在一起时，一种五味杂陈的感受油然而生。一张是外孙在足球训练场上踢球的照片，一张是60年前我在中山公园和老师同学的集体照，两张照片相隔一个甲子，时空穿越了半个多世纪。其中的变化之大，令我百感交集。

外孙的照片是在桃花盛开的季节，足球场上接受外国洋教练对他们足球队员基本功的练习指导，五六个小伙伴扶着隔离网站在足球场上练定位球。孩子们的脸上洋溢着坚强的信念，从小就有一种为了祖国足球事业的发展而不怕吃苦的决心。而我的照片是60年前在天津中山公园过六一国际儿童节，老师带领我们拍下的纪念照。我当时的年龄和现在外孙的年龄是相同的，由于生活在不同的时代，物质条件有着巨大的差距。60年前照片中的我没有一丝笑容，因为老师要求我们穿白衬衣而我没有；而外孙照片上穿的运动服是那样的靓丽。一件白衬衣让我心情不悦，但同时也激发了我要好好学习，长大了以后当个作家改变生活状况的决心，我黝黑的脸庞透着一股刚毅和向往。在照片画面满是白衬衫的小朋友中，因为我家境窘困穿着仅有的一件灰衬衣显得那么不协调，但就是这样"不协调"激励了我一生，使我自己在任何时候都有一种积极向上的精神。

我经历了非常时期，在应该接受基础教育的时间段里没有学到文化知识，但"干一行爱一行"的思想教育，在我的脑海里扎了根。无悔的青春与共和国同在，不惑之年，喜逢改革开放的大好时机，我带领一帮人创业自谋生路。20年的创业路，我磕磕碰碰伤痕累累，但我走下来了，也收获颇丰。当时针指向60岁年龄时，我离开了工作岗位。回首如烟的岁月，我既有感慨，也有知足。退休了，我重拾儿时对文学追求的梦想，由于这一生我读的书太少，在知识的海洋里自己仿佛一个"乞丐"，写出的文章不上档次，让人"另眼相看"。但是我不服输、不气馁，相信总有一天，我一定会写出使自己和读者都满意的作品来！

两张照片记录了我和外孙不同的梦想，也展示了共和国的昨天与今天。我知道外孙这一代人，肩负着中国足球冲出亚洲走向世界的重任，我相信有一天站在绿茵场上的教练是黑头发、黑眼珠、黄皮肤的中国人！因为有外孙这一代为繁荣祖国体育事业而不怕吃苦的后起之秀，中华体育事业蓬勃发展的兴旺局面、国际赛场上的佼佼者必定属于睡醒了的东方雄狮。

我和外孙在同样的年龄段有着不同的梦想，祝愿我和外孙的梦想都早日实现！加油！

（发表于2023年3月28日《中国乡村》）

亲情篇

五子 篇

辛丑小年

有一段时间没写零言碎语了，辛丑年腊月二十四三更天我实在睡不着了，便起身敲起了手机键盘。幸好手机调到静音模式，否则女婿一家又睡不好觉了。

受爱新觉罗·毓峋弟子徐奎老师的邀请，我和毓峋同学许壮楣、李士青女士与徐奎老师及夫人一起共度辛丑腊月二十三（小年）。这是我认识爱新觉罗·毓峋先生三年来最高兴的一次聚餐。我们在一起回忆三年来每月每日的幸福时光与友好情怀。回忆老同学郭庆杰为我们牵起相识恨晚的缘分，我与毓峋先生同住一个小区，他住在（工程）一期竣工的居室，我女儿居住在二期竣工的单元，同在天眼之下竟不识彼此。如果我们早一天相识，我在毓峋先生的厚爱下将会有更大的收获。但万事没有如果，这就是命运的安排。

"五子天地"发展到今天，我想起自己第一次到毓峋先生家中，谈起曾祖父当年于清朝末期任"五县一州"盐务官，毓峋先生是道光皇帝之后代，命运就是这样神奇。曾祖父当差在清朝末期，毓峋先生是皇室后辈，你说巧不巧。

毓峋先生的爱新觉罗团队在我们"五子天地"公众号微刊宣传中华传统文化中占据重要一席，毓峋先生介绍的每一位主人公都为我们微刊带来不一样的影响，连我的大学教授哥哥都在微信里嘱咐我："采访名人一定要准备充分，每一个访点都吸引读者眼球。"虽然我们没展现太多精彩内容，但我在办刊中收获满满。

我于 2021 年加入了天津作家协会，被所在社区选举为党委委员，被中国农村出版社聘为专栏作家，三年来我的作品多次发表在报纸和杂志上，这是我以前想都不敢想的事。我只有小学六年级的文化，在兄弟姐妹中文化水平最低只是不安分守己的我在商海里摸爬滚打了 20 年，伤痕累累悄无声息地退出，重拾对文字的追求。易经老孙说我适合搞文字，让他说准了，我写的一篇《楣子下乡记》阅读量达 14 万，让我着实高兴了一番。

餐饮后，我们又在畅所欲言地聊，遥望存在变数的来年，看到毓峋先生为弟子徐奎老师书写的牌匾，我不知深浅，恳请毓峋先生为我题写"五子书屋"几个字。因为这个昵称已经伴我十多年了，为此我在报纸网络上曾写过这个昵称的来历，在百度上可以随时搜到"五子书屋"这个网页里的文章。毓峋先生欣然答应我的请求，宫廷马传人徐奎老师帮我找人刻成木牌匾。这个"辛丑小年"给我一生中留下了美好时光的记忆和最快意的笔迹墨宝。

（发表于 2022 年 1 月 31 日《中乡美文化》）

快乐就这么简单

清晨，天刚蒙蒙亮，手机的铃声就把我从睡梦中叫醒。我迷迷糊糊地拿起手机，是廊坊小宫打来的电话，他说要到天津销售西瓜，顺便给我捎过来点桃子。

我和小宫打交道有几年了，年年买他家的"久宝"桃子，那叫一个"好吃"！是一种享受。没过多长时间，小宫就把鲜桃送到了。他走后，我迫不及待地尝了一口，还是一如既往的甜。

俗话说，隔辈亲隔辈疼。当我正在享受着桃子的香甜时，突然想起了小外孙那天问我的话："姥爷，甜桃啥时候能送来？"想到这，我马上把桃子和西瓜装在自行车上，骑着车就往孩子家奔。刚走到一半的路程，隔着马路听到对面有人冲着我喊："五子天地——"我赶忙停下车定睛一看，原来是我的老同事天重厂基建科的周姐。她这样叫我，让我兴奋得不得了。因为"五子天地"是我主创的自媒体公众号的名称。周姐是 1973 年在天重厂修建围墙时和我认识的，一晃 50 年过去了。那时她在基建科瓦工组，我是厂里组建修围墙突击队领导的通信员。我们厂特别大，转一圈需要半天，厂里多处铺设火车轨道，车间与车间之间产品运输都用平板火车皮来装载。领导给我配了一辆自行车，让我每天骑车到工地了解修建围墙的进度，报告给领导和突击队的同志们，从此认识了这几位基建科的师傅们，其中就包括周姐。周姐性格开朗热情，我俩故友重逢，互相攀谈起来。她跟我提到办自媒体的事，特别佩服我，所以用公众号的名称喊我，我顿时感到我创办的这个公众号真是太有意义了。没想到我搞文化传媒，又被她给"塑封"了。

女儿家离我家很近，我进屋后马上拿出鲜桃给外孙洗了一个。外孙狼吞虎咽地啃着，嘴里还喃喃地说："姥爷，这桃儿真好！"看着外孙吃桃的样子，我心里非常地欣慰。午饭后，不知怎么回事，老伴儿突然觉得身体不舒服，我听后即刻陪她到附近的九八三医院就诊。我们去医院的路上，路过临街一家眼镜商店门口，店主张先生又冲着我大声说："王老师，你们'五子天地'办得还真好！我每期都看。"听到赞美之言，我放慢了脚步，但看到身边的老伴儿，我急忙说："改天再聊。"更让我感动的是，到了医院陪老伴儿验血、做 CT，当我和老伴儿坐在医院长廊的椅子上等化验结果时，为我老伴儿看病的主任医师，主动来到楼上找到我们说："CT 图像我收到了，你们先跟我到楼下做心电图去，我好继续做诊断。"我听了心里感动得真不知说什么好了。主任医师通过各项检查确定无大碍，就告诉我们，快七十岁的人了，注意按时吃药就行。

听了主任医师的话后，我这颗悬着的心总算放下来了，老伴儿没事。我不知为什么今天让我高兴的事怎么这么多？见到的每一个人，遇到的每一件事，都给了我惊喜和快乐，每一次都让我心里甜甜的，我快成了"紫心萝卜"。用"感恩"两字包含了全部。当我拿起笔记录这一天遇到的事情时，无比感慨："多做善事好事"，无时无刻都会得到"上天的恩赐"。

这就是我一天的快乐，其实，快乐就这么简单！

（发表于 2022 年 12 月 20 日《中国乡村》）

"五子书屋"昵称的由来

我为什么起这么个昵称？我自己在一些场合和文章里讲到本人在家行五，但为什么后面还加个"书屋"呢？

退休以后，我学会了上网，也想做个"文化人"。更主要的是在 25 年前，父亲当着全家人的面说我："……一家人就你没文化，没本事，还穷白话嘛……"我天生是个爱说爱笑的人，哥几个在一起，我对他们讲讲工作上的事，社会上的事其实无所谓。可是父亲虽然退休了，但他风光依旧，天津塑料公司、可口可乐公司、京津冀联运等单位到处补差。而我当时仅仅是企业的一个保管员，兄弟姐妹中有教授、高职、经理、所长……父亲恰恰是一位重能耐、看本事的人，当然对我不十分待见。待见也罢，不待见也罢，反正现在父母有病、有事，我是第一个被想起的儿子，我会开车，又有好多朋友，生活条件不差，老伴又厚道善良老实，许多事不能说没我不行，但有我更踏实。

25 年了，我也从工作岗位退下来了。女儿还是挺争气的，读了研究生，这可是兄弟姐妹的儿女中唯一的，也是同学的子女中女孩子唯一读研的，我很自豪。

女儿结婚后，两居室的小屋，我把单位的办公桌搬到家里，电脑、打印机、扫描仪、复印机、投影仪、摄像机等，一应俱全，还有书架，报纸一摞一摞的，剪不完粘不完，有时激情上来写上几句，录上几段，自我陶醉自我欣赏。张哥送我驱动光盘，给我下载了刻录软件。我会刻录数据光盘那一刻，那个高兴劲儿就别提了！原来在我单位劳动的大学生张申手把手地教我，把10多年前录制的模拟录像带，通过软件转化成视频文件，我兴奋得不得了。我又上老年大学，跟俞莹老师学习"影视制作"，心里那个美呀更别提了！我天天感慨，自己的生活太幸福了，怎么也得给这间小屋起个雅致的名号呀？"五子书屋"的昵称由此而来。我在网上认识了很多年长的老师，我们彼此呼应，共同学习交流，天天觉得时间不够用。老年大学的俞莹老师说得对："不会用电脑就是新文盲。"我决不能再落伍，努力、努力、再努力，因为在我身边的榜样太多了，是他们鞭策着我，激励着我，鼓舞着我。

现如今，父亲已经90岁了，可爱和我聊天了，再也不说我"瞎白话"啦。人老了多么需要儿女多陪陪呀！这会儿我派上了用场。

"五子书屋"昵称的来龙去脉就谈到这里。欢迎大家光顾"五子书屋"！

（发表于2020年《齐鲁文学》秋之卷）

从"白字"到"五子天地"

今天我又露了一把怯，将"杜甫"两个字查了半天，查了"杜 pǔ"和"杜 bǔ"，发现都不对。最后，我用手写把"甫"字贴在"百度"上搜索，才知道自己连拼音都弄错了，应读杜甫为"dù fǔ"。

说起"白字"，我一脸羞涩，读错字和读音不准是我的老大难。说到底，就是自己的文化基础差，看书太少。我在播音时经常会出现读错的字，身边的老师没少帮助我，让我受益匪浅，每一次纠正对我都是爱心满满。

记得有一次，我在女儿家念："呱呱落地。"女婿告诉我："爸，是呱呱落地。"当时我真不知该如何下这个台阶，觉得很难为情。因为我家一直订两份报纸，一份是《今晚报》，一份是《中老年时报》，有20年之久。女儿与女婿谈恋爱时，女婿看到我家每天收到新报纸，感到很新鲜，就问我女儿："你爸爸还订报纸？"女儿骄傲地回答："我爸爸一直订报纸，有时还在报纸上发表文章呢！"

说到这，我不得不说，学习不能懒，拿不准读音的字一定要翻字典。现在有了智能手机更方便了，打开"百度"搜一搜，实在不行用手写，保证你能弄清准确的读音。

这几年，我创办了自媒体公众号微刊，有时我负责播报一些作品，尽管我逐字标上拼音，但在播报时还是会出现读音不准确的字词，幸好我们编辑部实行"三审制"，严格把关，减少了我读错字情况的发生。有时一篇稿子念半天，录了一遍又一遍，最后才把一篇满意的播报作品呈现给众多粉丝。

说到这里，我不得不提，这4年来"五子天地"公众号微刊走到今天，发表了200期，几千粉丝的队伍，阅读量达上百万人次，这是大家给我的最大帮助和激励。我能在报纸刊物上发表近百篇文章，取得这么大的进步是我以前不敢想的事。现在我再也不惧怕任何人的嘲笑和挖苦了，因为我的老年生活无限"风光"。做一个真正"社区志愿者"，我就站在脚下这片土地上，把日行一善，多做善事好事，作为我余生追求的目标和方向。

（发表于2022年10月9日《中乡美文化》）

五子篇

见贤见天见地 "五子天地"两岁啦

感谢你们两年来对"五子天地"的鼎力相助、无私支持和大力转发,使"五子天地"有了更广泛的社会影响力和知名度。

两年以前,我就有建一个互动交流平台,来丰富广大市民文化生活的想法。这个想法的实现,得益于我的同学许壮楣的女婿李杰先生,他给予了无私的帮助和技术支持,使我的心愿得以实现。

我创建"五子天地"公众号微刊以后,编辑制作人员由最初几个人,发展到了今天的近10人。我们的粉丝团也由几十人、几百人发展到今天几千人。这是我们编辑部全体同人在社会各界人士帮助下,共同努力取得的成果。

今天,请允许我首先感谢50年前我的团总支书记孙宝生先生,是他发现了我的特长。他的肯定、鼓励给了我信心和力量,成为我创作发展道路上的动力。

"五子天地"两年来的发展,有三源书画院院长郁三阳不断的支持,有李仪老师的出谋划策,有爱新觉罗书画研究会会长、著名书画家爱新觉罗·毓峋先生的牵线搭桥,让我们结识诸多书法绘画界的名人、高手,还有松风东里、宝兴里社区及《今晚报》评报的兄弟姐妹们的鼎力支持。在这里,我一并向你们表示衷心的感谢!是你们托起"五子天地"这个微刊公众号,让它在发展中不断壮大。

现在,我们的读者和粉丝遍及世界各地有华人的地方,这让我们感到非常自豪和骄傲。今后，我们决不辜负大家的希望，为传承中华文化，建设文化强国而一起继续努力！

我还要感谢"五子天地"的特邀顾问，感谢我们的创作团队，感谢我家人的支持！

谢谢大家和我们一起共度"五子天地"两年庆典美好时光，衷心希望大家在其乐融融的氛围中幸福安康、永远快乐！

五子情

时光如水，岁月如歌。转瞬间，"五子天地"公众号微刊开办已整三年。

三年前，我创立了公众号，初心是出于个人对朗读的爱好。"五子天地"在短短的三年时间里，由"丑小鸭"变成了"白天鹅"，读者、粉丝由少到多，现如今已经发展成为全市颇有影响力的自媒体，在津城占据一定的地位。

我们努力发挥团队作用，将每期微刊推广遍及长城内外、大江南北，有华人华侨的地方，传承着中华民族的传统文化，唱响了大中国的主旋律。

这些成绩的取得，首先是全体同人不懈努力、辛勤耕耘的结果。为了坚持每周出刊，我们的采编人员牺牲自己与家人团聚的时间，全身心地投身各自岗位，分秒必争，取得了一流的业绩。对他们默默无闻的付出，我只能发自内心地说一声"谢谢"！

在此，我还要感谢各界精英三年来对"五子天地"的积极支持和无私帮助。颇具盛名的书画家、松风画会会长爱新觉罗·毓峋先生及其旗下的松风画院团队，为"五子天地"献计出力、出谋划策，使我们受益良多。在郁三阳院长的倡导下，我们"五子天地"与三源文化艺术院结成了战略合作伙伴关系，他们适时为本刊提供大量精美书画作品，仅抗疫专辑就刊出 20 余期，深受广大网友和读者的好评。《七彩虹》总编、著名大作家、"五子天地"顾问、我的恩师滑富强先生，还有王文荣老师，诗人李仪老师，对"五子天地"鼎力支持，上传精美的文学作品。与此同时，我们还得到了蒋子龙老师的关注和支持。这些艺术家们为"五子天地"带来了春天的气息。

我还要感谢几千名热心粉丝，是你们不离不弃的关心和厚爱，使"五子天地"有了更广阔的发展空间和美好前景。

因疫情的原因，我们今年的年庆不能线下欢聚一堂交流感情、畅叙友谊。但疫情隔不断真情，我们大家的心是紧紧联结在一起的。

"严冬过后绽春蕾""寒凝大地发春华"。相信在不久的将来，我们会举杯同庆，美酒飘香与您共度醉美时光。

谢谢大家！

好大夫

经朋友介绍，我有幸认识了新兴医院骨科大夫赵同军。他中等身材，一副憨厚相，而听他讲话更是一种享受。我刚和他接触不久，不敢与他聊天，因为赵大夫说起天津骨科界权威专家时如数家珍。我真没想到一位社区医院骨科医生会这样博学多才。

一天，我和他聊天，他竟从书架上把天津作家协会原主席赵玫老师的签名书籍递给了我。一位骨科大夫和作协主席交情也这么深厚，让我更加钦佩不已。

那天，我正在床上做理疗，一位女患者推门进来大声说："我每次到医院来拿药，必须来看看赵大夫。"赵大夫很热情地让这位大姐做个下蹲姿势给他看，并一个劲地鼓励说："不错、不错。"看着这样亲切感十足的医患双方，我有幸听了他们之间的故事。

这位女士在医院附近住。一天，一个年轻女孩陪着她来找赵大夫治病。她走路极不正常，像鸭子一样，一瘸一拐的。经赵大夫诊断后，先给她治好了腰间盘，然后建议她到三甲医院置换膝关节。但这位母亲忧心忡忡，害怕置换膝关节手术万一失败，后果不堪设想。赵大夫找到她的女儿，让她给自己母亲做工作。经过一段时间的说服，她终于同意了，后来置换手术很成功。出院后，她来看赵大夫，由于长期膝关节疾病所致，走路姿势还是一抻一拐的。赵大夫告诉她必须纠正走路姿势，可这位母亲不知如何去做，赵大夫就像教小学生原地踏步"一二一"那样，使她逐渐恢复了正常的走路姿势，那一刻她高兴得像个孩子。听了这个故事，我对赵大夫佩服得五体投地。一个敬畏生命的人，拥有高尚的医德，白衣天使的信念，时刻把病人放在心上。

有一年，赵大夫到丽江旅游，在候机厅休息时，看到两个年轻人抱着孩子，孩子瞪着眼珠，夫妇二人也神情恍惚，显得六神无主。赵大夫忙问："你们孩子怎么啦？这是到哪儿去？"年轻人答："到昆明做手术。"赵大夫问："为什么？"年轻人说："孩子得了肠梗阻。"赵大夫摸了摸孩子的腹部，贴近后立刻说："赶紧给孩子喂点水，不然会虚脱的。"那两位年轻人说："手术大夫不让进水进食。"赵大夫说："孩子身上滚烫滚烫的，再不吸水就出事了。"然后，他就手把手地教这对年轻父母，用手指沾着热水，一下一下贴近孩子干涩的嘴唇。那孩子好像吸到了盼望已久的甘霖一样，很快小半杯水就喝下去了。孩子慢慢恢复了常态。赵大夫又询问：孩子是否吃了不洁净食物？孩子家长答："吃了凉粽子。"赵大夫说："病因找到了，这孩子高烧不退就是因凉粽子造成急性肠炎，你们下飞机后立刻到当地儿科医院治疗，输点儿液，有两天就好了。"年轻夫妇二人听到这话后，连忙给赵大夫跪下。赵大夫忙说："使不得，使不得！不要给孩子做手术了，免得孩子再受罪。"年轻人感激地说："我们这是遇到贵人了。"

像这样的事情不止一件两件。新兴医院附近有个摩托连，一天，一个战士手腕子疼痛难忍，来找赵大夫诊治。医院仅有一台 X 光透视机，赵大夫根据经验和拍片验证，战士手腕骨折了。赵大夫给战士打了夹板，告诉他好好静养一百天。战士说："那怎么行？"赵大夫看出了他的心思，安慰他说："请放心，我给你们部队首长说。"赵大夫言出必行，立马去见他们的连长，说："这个小战士是农村来的，两年后孩子回家还得从事农业劳作，他的手腕养不好如何生活？"连长使劲点了点头，向赵大夫立正敬礼，并说："您不仅是个好医生，更是我们军人的守护神啊！"

赵大夫就是凭着一个骨科医生的职业素养，不仅给人治病，更可贵的是他把人间的爱洒向每一个病人。他对病人说的每一句话，都怀着满满的真情善意。

这就是一位医德美、医术高的骨科好大夫——赵同军。

（发表于 2022 年 7 月 25 日《中国乡村》，获年终优秀奖）

精彩人生

2022 年的金秋十月，获悉高象昶教授被批准成为天津市作家协会会员，"五子天地"编辑部王广杰、许壮楣相约雪明和她的先生一起来到高象昶教授家里，向高教授表示衷心祝贺。

我们见到刚刚痊愈出院的高教授，虽然他的面庞较以前稍微显瘦，但是气色红润，精神爽朗，依旧春风满面。宾主落座之后，高教授对我们的到来感到非常高兴。他激动地说："感谢大家在重阳节之际来我家做客。"然后，高教授热情地与我们攀谈起来，当谈到他加入天津市作家协会时，他铿锵有力地说："我是加入天津作家协会的耄耋新兵，成为新会员后，肩上的担子重了，心中的责任大了，我要多创作老百姓喜闻乐见的诗词及书法作品，歌颂我们这个伟大的时代。我学习永远在路上。"

（发表于 2020 年 10 月 12 日"五子天地"第 207 期）

溥佐教棋"连五子"

近期，我有幸采访了溥佐老先生的弟子张根起。他回忆起与溥佐先生交往的一件趣事——拜溥佐学棋。

那时，他的父母和溥佐一块下放到天津西青区张窝乡东流村，两家住处离得不远，时常见面。

一天，溥佐老先生见到张根起，两人闲聊之余，溥佐问他："你会连五子棋吗？"张先生答："不会。"溥佐先生讲："五子棋起源于中国，是全国智力运动会竞技项目之一，是一种两人对弈的很有意思的游戏。使用黑白两色的棋子，双方分别下在棋盘上直线与横线的交叉点上，先形成五子连珠者胜。"继而说："五子棋很容易上手，而且趣味横生，引人入胜。它不仅能增强思维能力，提高智力，而且富含哲理，有助于修身养性。我来教你，好学，绝对能够提高你画画横向思维。"

溥佐老先生娓娓道来，并愿意传授围棋棋艺，使张根起受宠若惊。觉得又能够跟老先生学绘画，还可以学到棋艺，真是太好了！于是，他认真地学起了五子棋，并把师傅传授的每一步都记在心里，还当着师傅面反复练习了数次，看到溥佐老先生频频点头，张根起心里很高兴。溥佐先生认真询问："根起，好学吗？"张根起点了点头。溥佐老先生话锋一转："当真学会了？那咱们爷俩玩几盘怎样？"张根起心想：太好了！当着师傅面练练排兵布阵的技法也好，正好可以检验一下自己对棋艺的每一步记忆。于是，他对师傅点了点头。溥佐说："咱们虽是玩，但得'挂点彩'，可好？"随后，师徒俩在棋盘上你一招，我一式，好一番争斗，好一场拼杀，"打"得难分难解，妙趣横生。

当张根起述说完此事后，我这个采访者和他一起哈哈大笑起来。这一段溥佐老先生教弟子"连五子棋"的趣事，如同我在海边拾贝，在野外拾穗，我在采访中拾趣，是一次意外的收获。

松风画马人

近日，"五子天地"主编王广杰和责任编辑许壮楣访问了"松风画马传人"徐奎先生。回忆起自己的成长经历，徐奎老师非常感慨。1996年他调到北辰区运管局，任刘家房子客运站站长，运管局浓厚的文化氛围感染了这位驰骋职场的"拼命三郎"。他看到局机关的一些同事拥有书法和绘画的技能，就报考了天津市老年大学绘画班，走上了学习绘画的成长之路。

徐奎老师的执着精神感染了他的弟弟，他的弟弟看到哥哥对艺术孜孜不倦的追求，就找到行内朋友，爱新觉罗·溥佐老先生弟子张根起老师，请求他传授给自己哥哥绘画技艺。从此，徐奎老师拜在宫廷画传人张根起老师的名下，走上了学习宫廷画的艰难之路。经过三十年的风雨艰辛，如今的"宫廷画马"已成了徐老师的特有专长。

谈到自己"两位师傅"的故事，徐奎老师骄傲地说，他的两个师傅人好技艺高超，对他的成长起到了难能可贵的促进作用。谈到题词，张根起老师的题词是："溪畔堂"；爱新觉罗·毓峋先生的题词是："松风画马传人"。

说到爱新觉罗·毓峋先生，这里还有一段故事。"五子天地"公众号微刊创办后，我的发小同学给我们介绍了毓峋先生。认识毓峋先生后，我们请他给介绍书画家方面的题材故事，充实"五子天地"公众号微刊内容。毓峋先生首先想到徐奎，并亲自站台力挺徐奎老师。虽然那时的徐奎老师还不是毓峋先生的弟子，但从他介绍徐奎老师的故事那独一无二的爱护劲儿，足以看出毓峋先生对徐老师的欣赏和喜欢。机会总是留给有准备的人，2020 年的一天，"五子天地"编辑们随毓峋先生到武清区孟昭良处采风，就在那一刻，在"五子天地"总编的促动下，成全了徐奎老师拜爱新觉罗·毓峋先生为师的夙愿。就这样，徐奎成为毓峋先生真正的徒弟。

徐奎老师拜师后寸步不离毓峋先生左右，得到毓峋先生的真心传教。

徐老师的作品得到了业内人士的交口称赞，"一画难求"已经成为激励徐老师不断进取的动力。听到近日徐老师的作品被邀请到欧洲国家参展的消息，我们真心地为他祝福。

谈到毓峋先生对自己的精心传授，徐奎老师自豪地说："我和毓峋先生的师徒情，情深意长。我的每幅作品毓峋老师都严格把关，特别是画山水，毓峋先生亲自画龙点睛，为我的作品把关并题跋。"这无疑增加了徐奎老师作品收藏价值的含金量。走向国际徐老师已经做到了，他设计的邮票已发行到日本。

心灵净土

本期刊的主人公王雍天，是位画家，他的故事令人感动和深思。

一位画家留下近千幅画作却都没有落款，他一生度过90年光阴，从教一辈子留下那么多宝贵资料，却没有留下自己的名号。名利、金钱在王老先生那里不值一提，这是一种怎样的思想境界呀？这是何等的品格呀？

我自愧不如，当初我创建公众号微刊就是为了自娱自乐。但当我走近"五子天地"公众号百期主人公时，我的精神境界产生了质的飞跃，每位主人公品德都那么高尚，他们将励志故事和爱国情操紧密联系在一起，令众人点赞。

挖掘人物的感人事迹和精神境界，激励我和团队，意识到办好自媒体要无愧于时代赋予我们的使命。

每一次的采访都是一次受教育的过程，每一位主人公都把爱党爱国的赤诚之心体现在无私的付出中。

传承中华文化、传播精神文明，这就是我们团队的宗旨，无论是转发"五子天地"公众号微刊帖子，还是筹建团队，每一位参加者都细心雕琢自己的文学艺术作品，传播正能量，与实现文化强国梦结合起来，这个力量是无穷的。一篇稿子上千人甚至近万人阅读，我深深感谢国内外的文朋诗友、各界同人对"五子天地"的厚爱。

尽管王雍天老师生前没有办过一次画展，也没有一次被媒体宣传报道过,但今天"五子天地"自媒体被这位绘画艺术家的灵魂所感染,之所以我们用平台宣介这位让人敬佩的画师,是希望读者以阅读助力,使这位不图功名利禄的画家的人格和心灵受到广泛尊重。淡泊名利,做无名英雄,让读者看到这位画师心灵净土上绽放着一朵美丽的无名小花。

（写于 2020 年 11 月 23 日）

拜师收徒

五年前，我在网上申办了一个公众号"五子天地"，至今已出刊二百多期，采访了近百人。截至目前拥有粉丝数千人，很多知名学者、书法家、画家、作家、公益达人都曾在我们公众号微刊里和广大读者面对面地进行交流。微刊发行的影响力不断攀升，这更增添了我们的信心，我们传承中华文化的步伐迈得更加坚定有力。

至今记忆犹新的就是徐奎、孟昭良二位先生拜爱新觉罗·毓峋先生为师一事，因为这事儿可视为"突发事件"。

记得那是在创刊初期，我有幸和当代中国著名书画大师、爱新觉罗书画研究会会长、松风画派研究会会长、北京恭王府顾问爱新觉罗·毓峋先生（爱新觉罗·溥佐之四子）相识，而后特邀他作为我们的艺术顾问，从而得到先生的鼓励、支持和帮助，得益于此，我们公众号的影响力有了更大的提高。

五月的雍阳，朗日和风，气候宜人。"五子天地"编辑部一行，经毓峋先生的引荐，并亲自带领我们团队一同驱车前往武清，到孟子七十一代传人孔孟书画院院长孟昭良先生书画室采风。随同我们一起去的，还有著名画家、松风画会会员、被毓峋先生誉为"松风画马人"的徐奎先生。

毓峋先生来之前告诉我们孟昭良先生搬到了新的工作室，让我们一起参观一下（现如今这两个人已成为毓峋先生的得意门生）。

车经区内，由孟院长引路随即到达。只见一幢别致的小楼坐落在绿树环抱之中，雅静恬淡。这是一栋独立的别墅，共有三层，每层一百多平方米。漫步室内，墨香扑鼻，室主的儒风不言自现。参观书画室，众人交口称赞。这天为了接待毓峋先生一行，孟昭良团队增加了不少人，一位是孟昭良先生夫人李老师的学生小曹，一位是毓峋先生致公党事友褚先生，他也是孟昭良先生的好友。孟昭良先生还特意请来武清区政协副主席陈先生与毓峋先生见面。

孟先生的老同学王女士在忙碌着洗水果和沏茶水，各项事宜都在有条不紊地进行着。宾主落座交谈中，褚先生提到孟先生一直想拜毓峋先生为师一事，当时我的座位离毓峋先生最近，李士青女士听到此话脱口而出："来时没提过这事呀？"所有在场的人面面相觑，不知如何是好，为了打破这短暂的"僵局"，我鼓足勇气，伸手挽扶着毓峋先生的胳膊说："择日不如撞日，拜就拜吧，徐奎先生和孟昭良老师一块儿拜。"毓峋先生让我这一挽，便站起身来随着主编许壮楣的安排，爱新觉罗·毓峋先生收徒仪式开始了。

一切都在情理之中，找拍摄角度、背景、挪动坐椅。最后决定毓峋先生和李士青女士坐在三人沙发上，由于孟昭良先生夫人的学生，是《正大综艺》节目摄制组的导演，这样一来或多或少给我们编辑部成员一点点压力，但"五子天地"团队还是全程拍摄了拜师过程。

拜师仪式由褚先生主持，当徐奎和孟昭良面对师父站立时，徐奎先生提出拜师要跪拜磕头，那一刻我感到徐奎拜毓

五子篇

105

峋先生为师的心愿，不知藏在心里多久，今天终于实现了他的夙愿。

礼拜成礼后，我第一时间宣布："在这个难忘的时刻，历史将记载这个不同意义的拜师收徒仪式，'五子天地'编辑部见证了这个不寻常的时刻。"那一刻李士青女士含着眼泪说："徐奎和孟昭良先生这么大岁数跪下拜师磕头，这场面让我太激动了。"

自此，爱新觉罗·毓峋大师喜收书画家徐奎、孟昭良为门下弟子。拜师过程完美如意，爱新觉罗·毓峋大师寄语："我们名为师徒，实则亦师亦友，相互学习。"他直抒了大师胸怀。我们坚信，三位名家强强携手，会成为津门书画界之幸事，也会有更多优秀作品让"五子天地"繁花满园。

（发表于 2023 年 3 月 25 日《中国乡村》，获第一季度二等奖）

文学让你永葆青春

　　近日，"五子天地"文化传媒工作室一行4人，一起来到了现场采访了布纹老师，采访的地点就在布纹老师20年前曾经采访的天津市文史馆馆员许杏林先生的旧居。

　　时光荏苒，20年前，布纹老师曾怀着崇敬的心情，拜访过天津市文史馆馆员许杏林先生。当布纹老师再次走进许杏林老先生旧居时，内心久久不能平静，她抚摸着许杏林老先生的聘书时，心情万分激动。她喃喃地说："许老师，我看您来了……"

　　"五子天地"文化传媒工作室主编、许杏林老先生的长女许壮楣紧紧握着布纹老师的手，相拥在一起。工作室所有在场的采编人员及甜园文学社的吴淑兰女士，分别在许老先生的聘书前与布纹老师合影留念。

　　采访中，布纹老师讲述了自己一个又一个鲜为人知的故事。王广杰总编兴致勃勃地说："您是中国作家协会会员，德高望重的老前辈，今天与您面对面交流，学习您的写作经验，您不仅给我们传授了写作技巧，而且还教给我们要坚持做一个正直好人的道理，让我们受益匪浅，终生难忘。我们一定不辜负前辈的期望，在今后办刊中以您为榜样，让'五子天地'微刊永葆青春，弘扬民族文化精神，使更多读者从中受益，实现我们办刊的最终目的——传承中华文化。"

　　采访结束前，编辑部连线天津市作协创联部宋丁老师和北辰区文联主席、作协主席季晓涓。布纹老师激动无比，她高兴

五子篇

·

地说:"'五子天地'公众号办得真好,真是一个接地气、受老百姓喜爱的平台,我真没想到在采访现场能给我这么大的惊喜。今后'五子天地'有需要我的地方,我一定全力以赴参与其中。"

在一片琅琅的笑声中,此次采访结束了。布纹老师向所有在场工作人员赠送了她的长篇小说《谛听》。许壮楣主编向布纹老师和所有采编人员赠送了书法家的作品。

一次不同寻常的荧屏前的相聚,一段美好的采访记录将永存在"五子天地"微刊中。

我与滑富强老师的《七彩虹》

我加入桃花堤诗社后，社长滑盈欣把我写的诗稿发表在《七彩虹》刊物上。我也记不清自己在《七彩虹》刊物上发表了多少篇文章，但在宝兴里社区新中国成立 70 周年庆祝活动时，我邀请滑富强老师参加，滑老爽快应允。

随着"五子天地"公众号微刊影响的扩展，滑老对"五子天地"公众号微刊的支持有目共睹。2020 年，我和主编许壮楣老师被滑老吸纳为《七彩虹》杂志编辑和责编，"五子天地"很多文友的文章都刊登在《七彩虹》刊物上，各个团队都涌现出喜爱《七彩虹》刊物的忠实粉丝。我对滑老说："很多读者想给点钱买杂志。"滑老说："免费赠送。"一个近 80 岁的老人用自己不多的退休金支撑着一个纸媒刊物的生存，不能不说是一种为文学奉献自己生命的人，我敬佩滑老为传承中华文化的奉献精神。滑老接受了我们的聘请，担任"五子天地"特邀顾问，为我们把握方向。

2021 年在滑老师生日之时，我提出"这个生日我来给您过"。并当着所有来宾向滑老行礼献茶敬拜师礼。拜师后，我就下定决心努力学习，两年时间百余篇文章发表在报纸杂志和网络上，有的文章还获了奖。每次我向滑老请教，滑老对我都非常有耐心，不厌其烦地指导我。

"五子天地"四年的成长和滑老呕心沥血的帮助密不可分。两年来"五子天地"文化传媒工作室先后有 4 人加入了天津市作家协会,20多名文友加入了区作协,发表文章达数百篇之多,这是滑老心甘情愿为爱好文学的人铺路搭桥的结晶。没有滑老师,就没有《七彩虹》,更没有"五子天地"和我今天的成绩。在这里,我代表"五子天地"文化传媒工作室全体同人,祝滑老师身体健康!祝《七彩虹》刊物更加闪亮!

"贴身侍者"姜云峰

爱新觉罗·溥佐家族有一个"神秘人"，我们暂称他为"贴身侍者"。

"贴身侍者"就是爱新觉罗·溥佐先生的八子毓振峰的发小姜云峰。从毓振峰把姜云峰带到溥佐家开始，这个姜云峰就和溥佐家族紧紧地联系到一起。他的忠诚劲儿、为溥佐家族服务的细心劲儿，让我这个局外人听了都挑起大拇指。

姜云峰是邮电职专厨艺班毕业的厨师，炒得一手好菜。这对于溥佐来说，不得不说是"天降大福"。姜云峰不仅为溥佐先生制作美味佳肴，而且还每天侍奉溥佐日常生活，料理家务。姜云峰照顾溥佐先生，没结婚时他的母亲给予鼎力支持，结婚后妻子就从来没指望他干过一点家务。

溥佐家装修，溥先生带着妻子去住酒店，把钥匙交给了姜云峰。他尽职尽责，每天下班后都来溥佐先生家里整理家务。后来溥佐先生续弦，后任妻子瞒着溥先生拿了一卷溥佐先生的作品，被姜云峰看见了，他很诚恳地说："您想要，跟溥大爷说，否则溥大爷知道了会不高兴的。"

从 20 世纪 80 年代初到现在近 40 年了，姜云峰已年过花甲，但他每次为溥佐先生四子毓峋先生按摩数小时，让我佩服得五体投地。我们聊天中他为我按摩几下，那简直是按摩到骨子里般的舒服，是一种享受。怪不得每次我去拜访毓峋先生，看到姜云峰为爱新觉罗·毓峋先生按摩，毓峋先生那副沉醉感

五子篇

觉的神态，让我终于找到了答案。

溥佐儿女们说起姜云峰来都很钦佩他。七子毓岳有一次到姜云峰家看到他的女儿趴在床上写作业，屋里跟蒸笼似的，立即掏出 1400 元让姜云峰给电表增容安装空调，说到这里姜云峰眼泪都流了出来。

姜云峰滔滔不绝地讲述溥佐先生儿女们对他的厚爱，让我特别羡慕。毓峋先生知道他收藏溥佐家族书画作品很专注，带着他到北京找溥杰、启功索字。今天毓峋先生题词：专营爱新觉罗书画，为增加收藏、扩大经营夯实基础。

听姜云峰讲他与爱新觉罗·溥佐家族的故事，不得不说是一种享受。如果你有兴趣，敬请关注"五子天地"文化传媒工作室：五子说轶事。

（本文由姜云峰口述，王广杰执笔，写于 2021 年 8 月 9 日仁恒河滨花园，发表于 2022 年第 3 期《中华风》）

军旅作家张秋铧的往事

近日,"五子天地"主播王广杰、摄像张津原和鄂温克族小伙明克摄影师一同来到原天津市河北区作家协会主席张秋铧的家,向张秋铧老师献上"五子天地"全体同人对他的祝福。王广杰还向张秋铧老师的夫人敬献了鲜花,祝她节日快乐!应王广杰邀请,张夫人弹奏了钢琴曲。宾主在热烈友好的气氛中落座,主播王广杰按捺不住激动的心情,想急切了解军旅作家张秋铧在文学道路上鲜为人知的故事。

当问及网上"军旅作家"之称时,张秋铧老师介绍自己是职业军人,是部队退休人员,写作是他的业余爱好。他说:"自己从青年写到老年了,作家不写作怎么能称为作家呢?作家不读书就写不出好作品来。"

张秋铧老师原来在北京军区机关工作。1975年底,因为有家有孩子,爱人在天津二五四医院工作,他申请调到天津。就在这时首长女儿找到他,请他留在北京给首长做秘书。张老师非常感谢首长的信任,但为了家庭的安定,他来到了第二故乡天津。张老师无限感慨地说,天津是海河水有鱼,有小站稻米,是他文学创作的福运之地。张老师共创作了400余万字的作品,出版了10部书。1982年,张老师加入天津市作家协会,2015年成为中国作家协会会员。回忆自己在文学道路上的故事,张秋铧老师侃侃而谈。

五子篇

受大作家魏巍指点

张秋铧老师在北京工作时和著名作家魏巍相识，后来他参加了魏巍老师举办的北京军区文学创作班。那天魏巍老师说："张秋铧，我一知道你的名字就记住你了，因为我老伴叫刘秋华。"引来全班同学的哄堂大笑，张秋铧听到这里也不好意思地笑了。魏巍老师在散步时指点张秋铧："你年岁大，经的事也多，今后你的文学发展方向以写小说为好。"张秋铧牢记首长、老师的教诲，从此把自己以前写的文章全部收起来，一门心思搞起了小说创作。他创作的小说《抗日名将张自忠》发表后，连战先生亲自为这部小说题词："捍疆卫土"。

与浩然大家相处 100 天

浩然老师在二五四医院住院期间，张秋铧老师得到了浩然老师的很大帮助。两个人的接触亲密无间。"两瓶罐头的事"让张老师记忆犹新。在那个年代吃水果也是一种奢望，有一回浩然上街从食品店买回两瓶罐头，谁知回到病房里，他却犯了难，怎么打开呀？最后幸亏护士帮忙，才吃到嘴。张秋铧老师还说出浩然老师的另一件趣事。有一次浩然老师下基层采访，洗澡时用的是盆浴。浩然老师向张秋铧自嘲说，自己在白瓷澡盆中像只"清蒸鸡"。张秋铧老师听后忍不住笑出声来，可随后他却又感到了一种震撼。他震撼于浩然老师的丰富想象力。张秋铧老师说：从那时起他明白了该向大作家学什么——客观地享受澡盆洗澡，并且乐观地把自己放到一种境界自嘲，这种领悟让他看到了大作家的胸怀和境界，也使他的心境有了一个质的飞跃。

与冯骥才等多位名家大师相识

文化名人冯骥才在二五四医院住院期间，张老师拿自己的一部中篇小说稿请冯骥才老师指导。因为得到冯骥才老师的点拨，让张秋铧老师跳到一个更高的台阶。

张秋铧老师说，自己在天津收获满满。他采访了近百位不同身份、不同经历的人，讲得我激动万分。著名作家孙犁先生为张秋铧老师题过词。张老师说："不是每个写作的人都有这样的机会和福运的。"看着张老师的长诗《涛声回响六百年——钓鱼岛之歌》一书，是文学大师孙犁题写的书名，有九十五岁高龄的诗坛泰斗贺敬之留下的墨宝，我激动地对张老师说："和您接触真让我收获满满，大开眼界，大饱眼福。"张秋铧老师非常高兴地传授我创作小说的要领和关键，让我茅塞顿开。两个多小时的时间过去了，张老师传奇般的经历让我震撼、令我难忘。他答应在我创作小说后一定给我指导。你说，我采访张秋铧老师是不是很幸运？

张老师"军旅作家"这个名号果真名副其实。他担任天津河北区作协主席期间创办了拟名《海河之北》的文学季刊，由全国著名作家蒋子龙题写刊名。在拜访中我还得知，张老师在解放军艺术学院求学期间，他的恩师是创作《七根火柴》和《党费》的著名作家王愿坚的弟子。

与张秋铧老师的交谈意犹未尽，在这位长者面前，我好像在仰望巨人，体味着他对我的抚爱，感受着雨露滋润禾苗。

我真诚地祝愿张秋铧老师健康快乐！为读者创作出更多更好的作品！

（发表于 2023 年 8 月 1 日今日头条）

山水之间

　　近日，在著名书画家、"五子天地"编辑部艺术顾问爱新觉罗·毓峋老师的带领下，"五子天地"编辑部一行五人拜访了他的学生、著名山水画家戴照林先生，受到戴照林一家人的热情接待。当看到40多年首次来自己家的毓峋老师时，戴照林先生激动万分，非常高兴，即刻把毓峋老师请到他的画室中。面对布满画作的绘画墙与画案上一幅幅精美的作品时，毓峋老师赞不绝口。主播王广杰也感慨万千：如高山流水，气势磅礴，彰显了天津美术家协会会员、国家一级美术师扎实深厚的绘画功底，让在场的编辑们大开眼界。

　　戴先生诞生于1951年8月1日，从小就喜爱绘画艺术，8年军旅生活的经历，练就了他一身过硬的技术和本领。

　　戴照林先生与毓峋老师的师生情，源于20世纪80年代初。戴照林先生自幼就酷爱书画，当他利用工作之余，到天津市河北区美术馆参加绘画培训学习时，一堂"非同一般"的学习绘画的基础课，让他偶遇了毓峋老师，并开始跟随老师学习山水画，从此迈进了系统学习和研究正规绘画理论知识和技法的门槛，开启了他传统绘画的艺术生涯。谈到跟张洪千老师学习绘画技艺时，戴照林先生感慨地说："我是在毓峋老师家学习绘画时与张洪千老师相识的。"在两位著名书画名家的精心指点下，戴先生的绘画水平迅速提升，画作厚积薄发。他的画作苍劲恢宏、风格迥异，画中巉岩幽谷、密林修竹、流泉飞瀑、氤氲云烟，无不畅快淋漓，充满笔情墨趣。戴照林先生认为，绘画坚守传统是对的，真正的传统应该是那些传统技法，但对于创作风格是可以改变的。技法不能离开传统，风格也不能一味地模仿别的画家。作为山水画家，必须要有自己的笔墨语言，只有在自然变化的笔墨当中去寻找有规律的山脉、山石、块面、结构，才能接近自然，形成自己的笔墨语言。

近年来，戴照林先生通过不断学习探索，创作了很多优秀的山水画作品，他的作品多次参加全国各地展览，并且被很多国内外友人喜爱和收藏。其中，他的大型国画作品《山海情》被国家海洋博物馆永久性珍藏。2016 年，戴先生被天津《今晚报》评为最受津门读者喜爱的十大山水人物画家，他的作品《云山飞瀑》入围"大美中国梦"全国书画名家公益巡展，并获优秀奖。2017 年，第十三届全国运动会在天津举行，戴先生应邀为全运会主会场——天津市奥林匹克体育场接待大厅绘制了大型国画《苍山无语水有情》，这幅作品悬挂在体育场的贵宾厅内。

老骥伏枥，志在千里。戴先生虽然已取得了很高的艺术成就，但他依然非常谦虚、低调。他谈道："绘画艺术是无止境的，必须努力学习、刻苦钻研、肯下苦功，取人之长，补己之短，才能在绘画中彰显自身的笔墨技法。"戴先生表示，自己需要学习的地方还有很多，今后将继续努力，让自己的绘画技术更上一层楼。

采访交谈中，毓峋老师鼓励戴照林先生："看到你这么多成功的画作，我为你骄傲，你应尽快出版一本《戴照林画集》、举办一场自己画展。"师生间那满满情谊让所有在场的人感动不已，也让我们看到艺术大师对自己学生无尽的爱。

由于时间的关系，采访结束了，师生的短暂相见和畅谈让我们由衷地羡慕和钦佩。我们祝愿戴照林先生在今后能创作出更多更好的艺术作品，同时期待戴先生的画展早日举办。

流泪的"采访"

"五子天地"公众号微刊发表 200 期了，采访的名人很多，每个故事都精彩无比，但让我落泪的这是第一次。

王贵武，一位复员军人"认养了 17 位烈士母亲"，替牺牲的烈士为 17 位母亲尽忠尽孝，他的故事让我深受感动。

1989 年南方闹洪水，解放军战士为抗洪抢险被大水冲走牺牲后，部队把烈士亲属接到部队办理善后事宜，当首长问到还有什么事情需要部队帮着解决时，一位烈士父亲提出想要一个编织袋，部队立刻派人办理，当拿到编织袋那一刻，这位父亲把儿子骨灰盒一装，背起编织袋头也不回就走了。王贵武说："那可是个刚刚入伍两个月的新兵呀，鲜活的生命入伍两个月后参加抗洪抢险就牺牲了。"是呀！我们今天能有这样幸福安康的生活，是军人为我们默默付出。我听了为之一振，多少个英雄父母的孩子，很多都是独生子女呀，当祖国需要时，他们毅然决然把自己的孩子献出来保家卫国。

王贵武认母后，为脑溢血母亲拔氧气管的故事让我再也控制不住眼角的泪水。这天，王贵武接到河南安阳一位烈士父亲的电话，说："你母亲不行了，现在正在抢救。"王贵武二话没说即刻坐飞机赶到安阳，来到抢救母亲的医院 ICU 观察室，他踉踉跄跄走到母亲的病床前，对母亲大声说："妈妈，天津贵武儿子来了！"已经脑死亡 20 多小时的母亲听到呼喊，眼角流出两滴眼泪，母亲的心脏老半天跳一下，已经没有反映。父亲让贵武拔掉氧气管，贵武怎么也下不了手，他愣在母亲病床前足足流了一个半小时的眼泪。母亲的心电图没有了波动，他才拿着医院开的死亡通知单把母亲拉回家，为母亲办了葬礼并披麻戴孝行儿子之礼，整整操劳了五天后才返回天津。为每个母亲养老送终，贵武的做法感人至深，他说："我既然承诺了，就要把儿子应尽的责任全都做到。"

把母亲接到身边，是贵武的最大心愿，他把基地改造后，挂上了"英雄母亲之家"牌匾。当时接来七位母亲连父亲和亲属几十口人，为了做可口饭菜，他请了南北菜系两个厨师。疫情期间，为了做好防疫工作，他又分别把母亲们连夜送回老家，并配备足够的防疫物料、消毒液、口罩及药品。这种跨越的血缘没有地域障碍，完全由孝心和对社会报答的信念，让王贵武砥砺前行了 20 多年。有些英雄母亲的年龄比王贵武还年轻，贵武照样用相应的保证措施践行。

向英雄告慰，为母亲祈祷。王贵武，一位复员军人，用自己的一举一动实现了自己的承诺，让烈士九泉之下安息，因为有像贵武这样的儿子为他们尽忠尽孝。

泪水化作春泥，为烈士的母亲撑起一片天，我们和贵武在一起。

岁月 篇

生日感言

  我是1953年农历六月二十八日出生，但我从来不主张给自己过生日，因为我觉得生日这天是母亲的受难日，而应静思母恩，感恩父母把我带到这个世界。

  一提到生日，便与生日宴、生日蛋糕等联系在一起，久而久之已经成为日常生活的一部分。每逢生日那天，就不自觉地让我感觉到自己又老了一岁，所以慢慢地我就学会淡忘自己的生日。而今年可以说是大家在不经意间"提醒我"度过的一个特别的生日。生日的前几天，我的"兄弟"就非要买件衣服送给我，毓岫先生画了一幅《梅花报春图》在生日之际送给了我，义工达人盛茂林先生也在生日前一天，在党报网上头条发表我带队接受采访的报道，阅读量达14万。这是我接触文化以来，第二次创14万大关之作。外孙也很让我骄傲，在我生日那天，可以独立下水游泳了。松风东里社区的宋主任和理事会的姐妹们代表，邀请我和他们在"六月二十八日"这天坐一坐聊一聊。虽然没提过生日一事，但这些也太巧合了，巧合得不禁让我想起2019年松风东里消夏演出前，姐妹们给我买个蛋糕过生日，当时我非常激动，我发自内心地说，我是这个世界上最幸福的人。是呀，我生下来没有这么多人宠我、记着我，现在一个社区艺术团的姐妹们为我过生日，这是多么的幸运啊！

  今年的六月二十八，是我迈向古稀之年的第一天。女儿说：我请客，一家人在饭店一起吃个饭，被我婉拒了。爱新觉罗·毓峋先生说给我过生日，也被我谢绝了。

回想这几年来我的经历，我为自己骄傲。"五子天地"公众号微刊上线以来已成功推出了200多期，粉丝几千人，全世界有华人的地方都有人在阅读我们网上发表的微刊，这是我一生想也不敢想的事情。

另外，我在社区很荣幸地被推选为社区党委委员，进了部门后，我将社区175个楼门的楼栋长队伍建立并完善起来，在抗疫大筛中发挥了巨大的作用。

2021年，我还荣幸地被批准加入了天津市作家协会，望着摞起来的报纸里有自己发表的文章，心里有一股说不出来的激动。

人生如梦，70年时光荏苒，下一刻我不知命运会怎样，但我会一直走下去，努力实现下一个梦想，追求下一个目标，日行一善，把爱深深地埋在生我养我的这片沃土上。

（写于2022年农历六月二十八日，发表于2022年8月13日《齐鲁文学》）

十年磨一剑

　　我从退休到现在已度过 10 个冬夏春秋了。俗话说：十年磨一剑！这句话很励志，虽然其中饱含艰辛与劳苦，但也从中获得不少知识与乐趣。

　　退休后突然赋闲在家，有点失落感。而在 2011 年，我有幸加入了《今晚报》读者俱乐部，开始了评报活动。从评报那天起到 2017 年，《今晚报》每年都评选"百佳评报员"，我年年上榜。问我最大的收获是什么？是我在追梦的路上，让我的脚步迈进了知识的王国、文化的殿堂。不仅增加了我的自信，而且在这里我认识了许多各行各业的新朋友，他们在我以后的生活中都给予了不同的帮助，使我受益匪浅。

　　说起评报，今天说起来都觉得有些可笑。之前我家订阅《今晚报》和《中老年时报》，每天都能看到《今晚报》上有幸运读者获奖，一打听才知道必须是《今晚报》读者俱乐部成员才有资格参与评奖。每年的年底，《今晚报》都向社会招募评报员，只有成为评报员才能成为读者俱乐部成员，于是我就报名参加了《今晚报》读者俱乐部的评报队伍。经过培训，我明白了每个评报员每天都要参与当天晚报的评报活动。当时《今晚报》评报员近千人，在这些人中抽奖，每天抽出一人，一年 365 天仅有三分之一的评报员能获得幸运奖，当然每个月还有 10 名评报员获得月奖。

　　幸运的是，这七年来的日奖和月奖都和我有缘，并没有与我擦肩而过。

　　说起评报业务，我还算是轻车熟路。因为年轻时我在天重厂铸钢车间团总支办报时当过"编辑"，有一些文字功底，审稿比较认真，所以参加评报活动第一个月我就获得了"月奖"。强调一点，月奖不同于日奖，日奖是凭运气，而获月奖的条件是在千名评报员中谁在读报中发现差错多和对《今晚报》办报提出合理化建议被采纳数量多，且当月记录次数最多者才能获得月奖。百佳奖以此类推。当时《今晚报》读者俱乐部为了鼓励像我这样爱好文学的评报人，专门办了《评报通讯》，写好的小豆腐块文章由编辑审核后，在读者俱乐部内部发表，我的文稿常见于《评报通讯》。

　　现在回忆起来，读者俱乐部给我们这些评报员提供的机会太多了。下基层，安排参观，与其他媒体联合组织活动，和编辑、记者近距离接触，体会作为记者的艰辛……我从他们身上受益良多。我当时与多名记者都有微信联系。提起社会上有自发的文学组织，我还是在离开《今晚报》评报员队伍后才获知的。当我加入诗社后又知晓天津市有作家协会组织，普通百姓也可以申请加入。我的一位文友加入后，就向我讲述了加入作家协会的基本条件，我特别兴奋。加入市作家协会成了我的梦想和追求，我感觉好像找到了"组织"。从天重厂走出的蒋子龙老师是天津市作家协会主席，我不敢通过蒋主席的"关系"，也不想走捷径，因为蒋子龙老师是大作家，而我与之相差甚远。于是我从网上下载了天津市作家协会章程，按照申请加入的条件要求，把发表我作品的报纸、期刊杂志集中起来，送到了市作家协会申报处进行审核。终于在 2021 年我被批准成为市作家协会正式会员，当时我激动的心情可想而知。

如今我有近百篇作品发表在多家报纸、刊物和网络上。更可喜的是 2019 年我在微信上申请了一个公众号，在老同学和其家人的鼎力帮助下，创办了"五子天地"微刊。宗旨是弘扬传统文化，分为诗、书、画、金石、民间技艺等门类。创刊至今已有 4 年，发表了 200 多期，受益者众多，粉丝也达几千人以上。在天津市自媒体公众号微刊中小有名气，在全国各地都有文友予以关注，世界各地有华人朋友的地方也有人阅读我们的微刊。"五子天地"编辑部不断发展壮大，由当初 2 名市作协会员发展到今天的 6 名，我也被多家网络媒体聘为编辑。

虽然我办了退休手续，但我退而不休，砥砺前行，不断迈上新台阶。加入《今晚报》读者俱乐部，成为常获奖的评报员；加入天津市作家协会，成为一名作家；创办了"五子天地"微刊，成为首创人和编辑。从退休至今已十年，堪称"十年磨一剑"！

（发表于 2022 年 10 月 5 日《新农村》,2022 年 10 月 21 日《天津散文》）

人穷志不穷

"人穷志不穷"，这是小时候母亲对我们兄妹几个常讲的话。

我家兄弟姊妹六个，虽然那个年代每家孩子都不少，收入也不是很多，可对我家来说，父母两地分居，更是雪上加霜了。本来父亲去北京工作后，母亲曾带着我们去北京和父亲一起生活，可后来因国家政策的变化，母亲只能又带着我们回到了天津。

母亲回津后，每月工资只有 30 多元收入，父亲每月寄回24 元生活费，我还有一个曾祖母，一家 8 口人刚刚超过当时每月 8 元钱的最低生活费标准。如果哥哥姐姐上学不是国家有助学金政策，他们不可能都读到初中、高中。在那种情况下，母亲对我们讲得最多就是，人穷志不穷，好好学习，长大一定要报效国家。

解放前，母亲曾经是银号的大小姐，在河北省武强县小范镇，这个镇唯独母亲一个女孩念过私塾，她骑着凤头牌自行车风光十足。嫁给我父亲后生活也不错，大宅子大院里有佣人和长工，拥有千亩良田。几起几落家境变化，到解放初期，母亲靠典当陪嫁过日子。1960 年我上学时，家里一贫如洗。但我牢牢记住母亲的话，"人穷志不穷"。有时我去邻居小朋友家玩，人家正吃零食我扭头就走。我从不伸手向母亲要新衣服穿，所穿的都是哥哥姐姐穿过的衣服。哥哥姐姐的衣服虽然很干净，却是被母亲大改小翻改多次了。

记得我在河北区文化馆演出队去基层演出时，没有像样的外套。老师说："你找你哥哥借借。"哥哥有一件冬季穿的小大衣，我演出时穿上，老师都觉得很有小演员的体面。我参加工作前就没有一件新衣服。

现如今 70 年过去了，母亲的教导我仍记在心间，坚守底线用爱回报社会。我应聘到一家企业当职业经理，对每一个从农村来的孩子从不怠慢。我为他们添置衣服，孩子们过年了回不了家，我就带他们到起士林餐厅请他们吃西餐，陪他们度过在天津难忘的节日。说句心里话，那也是我第一次迈进起士林餐厅的大门。

回顾我 20 年担任职业经理的生涯，留下的点点滴滴美好记忆，想起来都让我感到幸福快乐。有人不解地问我："你卖十三香 20 年，打开了天津销售市场，怎么不挣钱呢？"十三香销售政策是没有扣点和佣金的，卖一箱仅得两元钱，而每月的费用累计起来一年要支出 200 多万，这么低的利润这么大的费用支出又能挣下多少钱呢？当我决定收山时厂家代表问我，我坚定地说："我想歇歇。"退出了我亲手创建了 5000 多个销售网点的天津市场。

你若问我帮助过多少个勤工俭学的大学生，我也记不清了。但孩子们把他们入党、提干、升职的好消息发给我的那一刻，我激动得几宿都睡不着觉。做一个对社会有用的人，就是我的追求。

（发表于 2021 年第 4 期《北斗星》）

岁月篇

高 考

　　一年一度高考，每到这时，我便想起自己当年参加 1977 年高考的往事。

　　那时的我是个连初中文化基础都没有打牢，高中文化水平一点也不具备的年轻人，竟敢参加恢复高考后的第一次考试，回想起来就觉得自己真不知天多高地多厚。

　　但我感谢当时和我在一起的天重厂的康大哥，他当时是老高三下乡知青选调到天重厂，分配到铸钢车间清整工段从事清砂工作。

　　那个年代就是这样，有文化未必有好工作。我当时是工段活跃人物，负责工段宣传报道。康大哥是他们组负责写报道的人，一来二去我们就熟识起来。他也准备参加恢复高考后的第一次考试，我就缠着他让他教我做数学题。六年数学学习的差距怎么能靠几天的复习来补上呢？现在想起来挺不好意思的。如果没有我的"捣乱"，康大哥可能会考得更好一些。因为每天沉重的劳动，对他一个白面书生消耗的体力是巨大的，他每天回家要复习，还要帮我这个连立体几何都没学过的"考生"补课。

　　时间过去 45 年了，康大哥的形象常在我眼前浮现。

　　2000 年我女儿参加高考了。我当时在天重厂下岗后，应聘到一家企业从事职业经理工作，一天到晚也不知忙的是啥？女儿高考我也没当回事。因为女儿从小就很优秀，小学时是市级三好学生，初中毕业考试接近 700 分，很早就加入共青团了。

女儿的学习成绩一直是班里的前 20 名，又是在天津二中，我相信她一定会考得很出色。恰恰是我的"大意"，让女儿留下了终身"遗憾"。第一天考语文，老伴儿下班后举着报纸进了房门问女儿："晓宇，你看看你作文扣题吗？"女儿接过报纸一看，顿时惊呆了，不知如何是好。跑题了，高考呀！老伴儿傻了，给我打了电话，我火速开车回到家，打开房门，屋里灯是黑的，娘儿俩坐在那里一声不吭。我打开电源开关，安慰女儿："没事儿。你老爸考了三次都没考上，你看我现在不是挺好的吗？"

说起我三次报考参加（成人）高考，怪不好意思的。前面说过 1977 年第一次考试我参加了，考了 130 多分；第二次我还不死心，又报了名，考了 180 多分；1987 年我第三次报了名，还是没有考过 230 分。因为工龄可以加分，我被审计局电大注了册。一天我陪客户用餐，遇到一位"明白人"对我说："你现在挺好的，还是专心致志干好你自己的这份工作吧。"就这样，我放弃了对学历的"追求"。

看着女儿还是忧心忡忡的样子，我拨通她的班主任电话，王老师闻听后立即说："我马上到。"

虽然女儿没考上清华、北大，没考上天大、南大，但读了硕士。如今女儿已经 40 多岁了，高考经历已经过去 20 多年了，我从 1977 年报考到现在也已经 40 多年了。高考这几段经历永远留在我的脑海，挥之不去……

（发表于 2021 年第 4 期《文学百花苑》）

岁月篇

评报的故事

2017 年 1 月，我离开了《今晚报》读者俱乐部的评报队伍。我从 2010 开始参加评报活动，整整 6 个年头。回想起自己在《今晚报》俱乐部评报的日子，总是幸福满满。

回忆起我报名参加评报的初衷，怪可笑的。我每天看到《今晚报》都有一个幸运读者获奖，就异想天开：每天得 100 元，这一年 365 天下来可不少钱了。有点"财迷"的我，就报了名，我是奔着每天的幸运读者来的。进来了才知道，幸运读者每年只有一次，而《今晚报》读者俱乐部有 1000 名评报员，一年下来才有三分之一的评报员能获得。评了 6 年的报，我每年都能得到这"幸运"评报员的 100 元。

说起评报一事，当我拿到《评报须知》后，很快就进入"角色"了。因为 1971 年我在天重厂铸钢车间团总支办报，当过"编辑"，还是有点基础的。第一个月我就获得了月奖，月奖是根据你的参与度，被采纳排序而定的。每年"百佳评报员"在转年初公布的名单中，都有我的名字。年奖也是根据月采纳排序而定的。

我在《今晚报》读者俱乐部评报的日子里收获颇丰，认识了很多老师，如久萍诗社的郭立久老师，作家协会会员的张凤琴书记等。这 1000 名评报员队伍中，作家、画家、律师、医生、教师等不同职业，主任、处长、局长等不同职务都有，可谓高手云集。我从他们身上学到了很多知识，直到现在，我们依旧为互相结识而感到高兴。

那时，我们在读者俱乐部周梅老师的带领下，到处去采风，留下了很多难忘的有收藏和纪念意义的照片。读者俱乐部也为我们提供了发表文章的机会。我感谢《今晚报》读者俱乐部的老师们。

直到我离开了《今晚报》读者俱乐部，才知道社会上有社团组织和作家协会等……

一晃几年过去了，人生就是这样，每一段时光都是一段经历，都是一笔财富。如果《今晚报》还招收评报员，我一定会继续参加。

（发表于 2021 年 11 月 10 日《美篇》）

拜师评报

2014年平安之夜，我们评报团队17组部分成员聚会，高瑛老师请来两位评报"高手"——孙福源、郭立久老师，和我们一起交流。回到家后，我从网上开始关注孙福源老师，真是不看不知道，原来孙老师年年获得百佳奖、挑错奖。

其实，我对评报挑错，真是"丈二和尚——摸不着头脑"，总认为挑错跟我不搭界，也是我的短板，于是我萌生了拜孙老师为师的念头。我请高瑛老师帮忙，征求孙老师的意见，没想到他竟然主动给我打来电话，说："拜师不敢，我们都是评报员，互相学习很有必要……"听到孙老师这一席话，我便邀请了几位在俱乐部活动中结识的评报员好友，一起与孙老师小聚。

孙老师曾就读于师范学院中文系，后参军在部队兼任文化教员，复员后又曾在一所中等专业学校教授语文。平日喜欢读书看报，也喜好耕耘写作。70年代曾和我厂蒋子龙老师一同为北京电影制片厂投送过电影剧本。由此可见，孙老师在文字方面很有功底和水平，再加上他评报认真，每年都获得百佳奖和挑错奖也就不足为奇了。

报名参加《今晚报》评报员，我觉得这没什么。觉得我年轻时曾在铸锻件厂（天津重型机器厂）青年团里和"小伙伴儿"们办过报。没想到遇到孙老师这样重量级的评报高手，我感到自愧不如。自从结交孙老师后，我就觉得自己可找着"老师"了。孙老师经常主动打来电话指导我评报，我把每天读报中发现的报纸文字中的差错，提出的批评意见、想出的好建议、好点子也与他——交流。

孙老师的耐心指导，对我提高评报的水平起到了积极作用。3月份月奖公布后，孙老师立刻打来电话向我表示祝贺，我在电话里对他的帮助表示感谢。孙老师却说："去年，你不也是3月份拿的月奖吗？这主要是你自己努力的结果啊！"我说："这次3月份得奖，我的评报水平在您的帮助下可提高了一大截。"

自从向孙老师学习以来，连我老伴儿都说我变了，变得沉稳了，一次次使她感动。因为我听了孙老师讲述他生活的经历和评报的经验，受到了很大启发和很深教育，使我受益匪浅。孙老师在担任12组组长期间，全体组员对他都十分钦佩。我要向孙老师学习，不仅要把报评好，更重要的是学习做人，像孙老师一样做一个勇于担当的人，热心帮助他人的人，进而做一个优秀的评报人。

（发表于2015年6月29日《今晚报·评报通讯》第2版）

纽　带

　　退休后，我加入了《今晚报》的评报员队伍。2011 年，我获得了"百佳评报员"的荣誉，名字见报后，我哥哥的同学——书法家郁三阳、作家章用秀等都打来电话向我表示祝贺。以前，我对二位兄长心存崇拜，却很少交流。但自从他们得知我加入评报员队伍后，便和我有了共同的话题，联系也逐渐密切起来。有时，他们阅读《今晚报》后，发现什么地方不妥，或有什么想法，就立即给我发消息或打电话，我将他们的意见综合起来，在"今晚网"评报系统中认真填写，及时反馈给晚报。

　　在不断的交往中，我感到二位老兄与《今晚报》的情缘是那么的深厚，比我这个新评报员更胜一筹。我这个评报员的身后站着多少位《今晚报》的忠实读者、老报友、老报人呀？他们虽然没有报名参加评报工作，但是他们几十年来与《今晚报》结下的情感与众不同，他们时时关注着《今晚报》的今天和明天，关注着《今晚报》的发展和未来。我作为评报员能成为他们与《今晚报》之间的桥梁与纽带，感到责任重大、使命神圣。

　　评报员，我们肩上的担子不轻呀！

　　　　　　　　　　（发表于 2012 年 12 月 18 日第 31 期《今晚报·评报通讯》）

邂逅"粉丝节"

9月10日,看了《今晚报》刊登的广告,我到梅江会展中心参加2020年第八届天津融媒体粉丝狂欢节。在《今晚报》的展台前,我邂逅了同样被吸引来的一群老读者、老评报员,大家亲热依旧,共叙友情,共述评报点滴。

此次"粉丝节"上,海河传媒中心以消费扶贫为主线,带来天津对口援建的50个贫困县的特色农产品,让我们不出天津市就能买到有特色的好产品,这一举措很受粉丝们欢迎。令我意想不到的是,在《今晚报》展台前,十几位老评报员有幸相遇,喜悦心情溢于言表。大家相聚在一起,聊得最多的还是《今晚报》:这位说,十几年养成的评报习惯没有丢掉,只要发现错字、病句或者有好的建议,都及时打读者热线;那位讲,俱乐部工作人员可热心了,每次都认真听取,报社这种有错必纠、虚心接受的态度,彰显了办好报的决心;还有的说,我们多年一起交流评报的体会和经验,结成深厚友谊,每个人都有与《今晚报》割舍不断的情缘。大家议论最多、最感兴趣的是,这次"粉丝节"上《今晚报》红报箱带来的老年营养餐服务送到家,这项服务深受老年读者的欢迎,解决了两代人的后顾之忧。评报员还互相提醒:"现场有订报活动啊,优惠力度大,别忘了订报!"

最让大家兴奋的是,在这次活动中,《今晚报》的名编辑、名记者集体亮相,他们现场与读者零距离互动,给我们这些粉丝带来了惊喜，尤其见到相熟的编辑、记者，像老朋友一样亲切，使我们备受感动。这次"粉丝节"邂逅，使我们满载而归，精神上也获得了极大的愉悦。

（发表于 2020 年 9 月 22 日《今晚报》第 11 版）

在党的人

我退休在社区当党支部书记五年了。每当夜深人静时，我手捧党支部人员名单时，两行热泪止不住滴在这份人员名单上。

八年前的一天晚上，楼上陈大爷把我喊到他家，说请我喝茶。在聊家常时，他知道我的父母、岳父岳母都先后离去。我搬到这栋楼门将近30年了，那时我的女儿刚上初中，我在一个区属企业任职业经理，带领着五六十人。那时陈大爷还没退休，在一个单位担任党委书记。我们经常上下楼打个招呼，有时他们单位接他的车先到，我就主动给他开个门，用手挡着怕他磕着头；有时我们单位车来得早，我就和他打个招呼先离开，一来二去我们就熟悉了。

今天陈大爷喊我喝茶，我也不知道他要和我说些什么。陈大爷开门见山地说："我看这楼里你是最热心肠的人，乐于帮助别人，你们邻居李婶总提你。我和李大爷都80多了，腿脚也不利索了，你年轻就多操操心吧。"说句心里话，我当时社会活动比较多，有时也写点东西，还得每天接送外孙，对社区居民工作也不想承担更多责任。于是，我婉转地说："我怕干不好。"陈大爷说："我和李大爷鼎力支持你。"谁知这一干就一发不可收拾，我从楼长干到支部书记、再到社区党委委员。

我所在的支部处级领导好几位，厂级领导好几位，50年以上党龄的党员好几位，还有抗美援朝退伍军人、工程师、教授、教师等。我是入党才 20 多年的党员，面对这么多老同志，我真不知该如何是好。当我推开一位老党员家门时，看到他已经卧床多年了。我说："我受党委委托来看您来啦。"他哭得像个孩子，说："谢谢党组织还记得我这个不能为党工作的老头儿。"我紧紧握着他的手，他一把搂着我："谢谢书记！"说个不停。

那一刻，我知道肩上的担子、心里的责任有多重了。

2022 年 3 月，我因病住院了。一天接到一位老党员家属的电话，她说："王书记，老伴过了年小脑萎缩更厉害了，天天念叨你，说王书记怎么不招呼他学习啦，是不是党不要他啦？"那一刻，我的眼泪顺着脸颊流了下来，都 80 多岁了，革命了一辈子，躺在床上了，还念念不忘初心与使命，多么优秀的老同志呀！

我出了院和党委书记及纪委委员一同到这位曾经的处长、老劳模家探望，他高兴得像个孩子，捧着发的学习材料说："这回好了，我让阿姨每天给我念一段。"他把手里拿的东西虔诚地递给我，说："这是我的思想汇报，请王书记指导！"看到这情景，我和书记异口同声地说："您永远是我们学习的榜样！"

说到张工，我有一股说不出的感觉，两年前我在支部党员学习群里发通知：请大家到居委会参加学习。张工回复：王书记，因我身体无力，不能前往参加学习，特此请假。张工是某厂的总工程师，我家访时得知他的情况后对他格外敬重，因为我在天重厂工作了 25 年，一个企业的发展主要靠科技人员的无私奉献，没有科技人员企业就没有生命力。再后来我们俩聊天，我才知道他患了癌症，我安慰他配合大夫治疗，他说："我打算放弃治疗，把医疗资源留给年轻人吧，不再浪费国家钱了。我已经是 80 多岁的人了，顺其自然。"

顺其自然，这是多么轻描淡写的语言，他是多么优秀的国家栋梁。面对癌症这么坦然，能不让人更加敬佩吗？后来，我把情况向党委做了汇报，党委书记亲自带队看望了这位 80 多岁高龄的科技人才。

说起这五年我担任支部书记以来，老党员们有几位先后离去，但每一个党员都在最后时刻招呼我前去汇报，我一次次被他们感动，当他们把党费递交到我手里时，我看到这些党员对党的忠诚和执着。

为共产主义事业奋斗终身！刻在每一个共产党员的心里，就是初心，就是使命。

2020 年我们社区党委获得了街道办事处先进党组织荣誉，当党委书记把荣誉证书从颁奖大会取回来时，我们一起拍了一张合影纪念照。我深深体会到，在党旗下堡垒就在每个党员心中，牢不可破。

（发表于 2022 年 10 月 9 日 "北辰文联" 公众号）

从天津生活广播说起

记者姚芳给我发来微信，通知我明天早上七点半播送采访我的节目。

说句心里话，2022年8月19日《九州文学》聘任我做编辑，同时还有天津生活广播通知明天播放对我的采访，此时此刻，我感慨万千。说到采访，我曾经拒绝过一次。事情是源于几年前《今晚报》记者要采访我，当时我在《今晚报》评报时拜了一位老师，后来他患了癌症，我为了让他能够在为数不多的时间里享受高科技带来的不一样的生活，赠送了他一部智能手机。这位评报老师的家庭生活不是很富裕，看病吃药负担很重，在当时他是没有能力购买手机的，我还在他几次住院时给予了资助。那位老师过意不去，想找读者俱乐部的记者写写我，被我一口拒绝了。我觉得这是举手之劳，不足挂齿，人与人之间的相互关爱是中华民族的优良传统。

说起我参加《今晚报》评报活动后，进步还是很大的，从2010年至2018一直是"百佳评报员"，年年《今晚报》头版报道百佳评报员都有我的名字，我还组织有文艺特长的老师走进养老院进行公益演出，活动是挺多的。但我觉得比起《今晚报》那么多优秀评报老师来，自己还有很大差距。

今天的《生活广播》内容主要是采访松风东里艺术团，我觉得虽然有自己的故事，其实自己是在做力所能及的事。我作为一个社区志愿者，还得从加入桃花堤诗社说起。桃花堤诗社每年都要完成文化馆布置得下基层演出任务，我通过《今晚报》评报好友，找到志成中里居委会，想利用他们的活动场地排练节目，经协商征得同意，并帮他们居委会组织艺术团。这样桃花堤诗社的社员就可以随时到这个社区参加排练和演出。因为我上小学时的业余时间基本是在河北区文化馆演出队度过的，唱歌、跳舞、朗诵都受到良好的熏陶，可以说有一点基础吧。我利用自己这一点优势，在很短时间里帮他们组织起了合唱队、舞蹈队、朗诵队、葫芦丝队、京剧队、文学创作组，各项活动搞得热火朝天。时间不长，就和武警二支队搞联欢演出，并给社区居民进行汇报演出。

　　这时经人介绍，松风东里居委会主任联系到我，他们要搞创文创卫活动，邀我也帮助他们组织一支队伍。说起松风东里春之润艺术团的发展，那可非同一般，居民群众不仅组织起来学音乐、舞蹈、朗诵，还根据社区创文创卫需要变成一支社区各项工作全能的队伍。随着新冠疫情的来袭，这些居民志愿者冲锋在第一线，严防死守抗击疫情，为社区抗疫防疫做出了贡献。因为我在自己居住的社区组织艺术团和防疫抗疫志愿者队伍，每天和大家在一起值班守卡口，冬天下着雪打着伞执勤，天天和大家在一起为小区安全尽自己一份力量，我就萌生了写一首歌，以此鼓舞志愿者的士气。歌词写出来了，范胜利老师、天重艺术团陆清老师、北辰区文化馆原馆长王晓波老师都给予了鼎力相助，最后得到了松风东里社区宋主任家人的协助，她亲自拉手风琴伴奏，演唱了王晓波老师作曲的《我是小区志愿者》（后制成录音带）。歌曲唱起来，旋律回荡着，春之润艺术团在多个场合演出，都博得了在场观众的共鸣。每当这一刻来临，我都激动万分。我把自己微信昵称也改成"小区志愿者"，我就想脚踏实地把爱深深埋在这片生我养我的沃土里，做一个"日行一善"为子孙后代积德行善、福荫后辈的老者，我就满足了。

送人玫瑰，手留余香。当许多人用感激的眼神望着我，我的心中就增添了许多快乐。

（发表于 2022 年 9 月 24 日《知美文化》）

一段舞蹈的记忆

60 年前，我在河北区文化馆演出队接受艺术熏陶。有一天，演出队的老师让我邀请我的父母前来观摩。然而，就是这次演出，决定了我与文艺无缘的命运。演出后，我回到家里，母亲告诉我说："你父亲不同意你搞文艺。"就这样，我在 60 年前，被父母固执的旧观念决定了自己少年时期的前途和命运。

但埋在我骨子里的表演欲望是戒不掉的。我从参加工作到如今古稀之年，总想把对美好生活的向往表现出来，只要音乐响起，我心里就像被潮水拥着，就想张开双臂飞翔，去拥抱大海和蓝天。一个人爱脚下这片土地，融入肢体的每一句语言就是最好的表达，尽管我很不专业，但我希望用肢体语言唤醒国人对美好生活的向往，就在那一招一式中。

我第一次"出镜"，是在"五子天地"研讨会上，当编辑部的老师为来宾献歌时，我按捺不住激动的心情，伴随着音乐走到了前台。尽管我是即兴表演，但那一招一式都是我对这首歌的真切表达。

我爱舞蹈的种子埋在心里，优美的音乐和歌词常常唤醒我跳舞的欲望。我跳过《天边》《九儿》，深深被歌曲中的故事打动，传奇人物的故事让我对他们十分敬仰，其实我跳得很不到位，但我就是用我的理解，用自己肢体的动作来展现那动人的故事，我也时常陶醉其中。

"五子天地"编辑部的老师为我留下了每一个美好的瞬

间，使我常常回味。有时我遇到不快的事，自己跳起来陶醉一下，顿时将不愉快抛到九霄云外；有时我高兴了，放一段自己跳舞的视频，便沉醉在舞曲表演中十分兴奋。

老了活得就是个心情，只要高兴做自己快乐的事就是幸福，没想到，儿时的梦想却在老年的时光中得偿所愿，徜徉其中不亦乐乎。

（发表于 2022 年 8 月 2 日《中乡美文化》）

获奖感言

我的文学作品曾多次获奖，唯有这次获奖让我感慨万千。因为，这是我古稀之年的首次获奖，这是一个新的开始，值得欣慰。

我 16 岁参加工作，至今已有 55 年了。55 年的风风雨雨，我经历了很多很多。上班以后我也曾经补习过文化，但因当时的客观条件（基础差），只是水过地皮湿，基本还是停留在原来的文化水平上。我爱好文学，我认为文学是语言文字的艺术，是社会文化的一种重要表现形式，是对美的表现。所以这么多年，在人生的道路上，无论我遇到多大的困难，无论生活怎样坎坷，对文学的追求从未停止。从朦朦胧胧处女作小诗到今天能获得《中国乡村》杂志年度散文优秀奖，我遇到过挫折和瓶颈，但我没有灰心，这次获奖是对我在文学道路上跋涉的一种鼓励，是我在学习的路上万里长征刚迈开的第一步。70 岁是一个新阶段的开始，我知道和各位老师相比，有些差距，但对于我来说，有这个机会能站在领奖台上，使我对文学创作充满了信心。

我不会辜负大家的希望，我会记住子龙师傅鼓励的话语"小五子大天地"，继续传承中华文化，发挥余热，踔厉前行！在此我衷心地感恩一直以来支持我、帮助我的各位老师、文友和"五子天地"的同人们！因为有你们的支持，才有了我写作的动力和收获，我要脚踏实地写出贴近生活的散文，回馈大家。

顺祝各位朋友万事如意，幸福吉祥！

表弟，你认识我吗

　　20世纪90年代初，改革开放起步不久，个体煤炭经营户也如雨后春笋般地出现了。天重厂煤炭供应经过几年运作，逐渐步入良性循环。当时各企业对大同末煤需求非常抢手，因大同末煤发热量高，受到取暖供热各用煤单位的欢迎。天重厂用块煤制作煤气，供加热炉燃烧加热钢锭锻造曲轴。因而末煤就越存越多，结果各煤建公司便从我们厂调走供应其他企业冬季取暖用。好多煤贩子在圈里获得这个信息也来"做文章"，这就引出了下面的故事。

　　一天，我到联运公司谈业务，经理把我拉到一边悄悄对我说："你'表弟'也在，哥俩儿不见个面？"我诧异地看着经理，一头雾水，一脸懵懂。

　　我"表弟"？我父亲家祖辈三代单传，母亲弟弟一家在大同，怎么会有表弟在天津做生意？经理拉着我来到业务大厅，见一个胖胖乎乎的三十岁左右的年轻人正在那里口若悬河："我表哥在天重管煤炭，叫王广杰，他们厂的大同煤都是他调进来的，那煤气炉甩下来的末煤质量好，我们行内称为'子煤'，你们哥几个亲戚家单位有要'子煤'的可以找我。"我听着有点离谱，因为这里的办事人员都知道"搞煤"是有自己的渠道的，我不想让他乱讲，怕他给我惹事，就三步并作两步来到他身边，单刀直入地问他："你表哥长得什么样？"他回答说："我是他表弟，怎么能不知道？大高个，双眼皮，大眼儿，长得倍帅，有名的美男子。"而我身高才一米六五，黑黝黝皮肤，长得一点也不帅，听得整个大厅人都笑了。

　　这个年轻人好像察觉出来自己的话有破绽，赶紧对我说："大哥如有得罪，请多多原谅。"我一本正经地问他："表弟，你认识我吗？我就是王广杰，你是我表弟，我怎么不认识你？"这个小伙赶忙改口："大哥，我就是打着您的旗号多卖点煤，这不是下岗了，想办法养家糊口吗。"我一听也不好过于追究，告诉他："你卖煤没事，千万不要打我的旗号，我们厂管理非常严，我是共产党员，我在组织。"这件事出现后，我更加谨慎了，处处小心，生怕给企业带来不利影响。

　　这是我做煤炭采购员时的一段小插曲。

（发表于 2022 年第三期《中华风》）

"砍价"轶事

　　尽管20多年过去了，但当时所经历的一些往事，总会萦绕脑际，难以忘怀。

　　我做生意时，有一年广州"八味庄"厂召开年会，我带着业务经理董英秋到了广州，厂里特意安排参观"中英街"并购物。于是我们带着一种非常神秘的感觉，来到了这里。

　　中英街不是很长，街右边归香港管辖，左边归深圳管理，街口有一座石碑，刻着"中英街"的字样。我们去的时候，街上的人不是很多，同行的都是全国各地经营"八味庄"产品的老板们。当时他们和我一样，经营规模不是很大，可现在他们一个个可牛气了，生意做得蛮大了，而我因需要照顾双方父母和照看外孙，早已退出了这个行当。

　　我们随心所欲地漫步在当时有名的商贸街，转到一家卖T恤衫的商行，两件T恤衫290元。我看了看就往外走，老板冲我喊："先生不捎两件吗？"我随口答道："太贵！如果便宜我就要。"那个冲我喊的男人咄咄逼人："先生，你给个价！"我心中暗自窃喜，砍价我还是很有一套的。"两件100元我就要！"可能是为了开张，图个吉利，也可能老板被我"将"到这了，他张了张嘴，只好说："卖你了。"出门看见同行们，述说购物之事，同行们傻眼了，因为他们刚刚290元买了两件，一转眼就被我100元拿下，这也太亏了！于是他们赶紧重新进店找老板理论，最后是，每人又花100元买了两件。我们结伴出来，这些来自各地的经销商就议论开我的购买之道，当时我心里别提多美了。

我们继续遛着，王小建和他老婆找到我，让我去帮他砍价买包，他们相中的一个书包，商家说低于 500 元不卖。我信心十足地说："我看看去！"我走到一个街铺门前，一个 50 多岁的掌柜在守摊，我看了老板一眼，然后装作漫不经心地问："这个包多少钱？"老板问我，打算多少钱买，我一听有戏，就说："这个包也就值 72 元。"老板听了我的报价，张口结舌说不出话，眼珠瞪得老大老大的，看样子傻了！他以为遇上内行了，赶紧说我看看多少钱进的，拿出一个小本翻了翻，佩服地说："你神了！就挣你两块钱。"然后狠了狠心地说："我看你就不是一般人，卖了。"不知当初被我杀价的老板是否还健在，我那时还只有 40 多岁，年轻气盛，敢打敢拼，现如今已到花甲之年了，早没了那时的锐气。当然要放到现在，我也不会让老板只赚两块钱了，因为经过商海拼搏，知道了其中的不易。

也许这是 20 多年前那次广州之行最快意的轶事，今天想起来别有一番滋味。经商真的是一门学问，也很不易，看透了才能在商海里搏击，经过了才能体会到其中的滋味。但是作为商人一定要秉承中国人的优良传统：童叟无欺。

（发表于 2023 年 1 月 15 日《中国乡村》）

岁月篇

难忘的重阳节

岁岁重阳，今又重阳。今年的重阳节，我和志愿者好友们来到鸿泰养老院进行慰问演出，老人们高兴，也让我们感到有意义。

说实话，我们表演的节目不是很出色，节目的水平也参差不齐，但值得我们骄傲的是这台节目的志愿者来自四面八方，囊括了我的老邻居、老同学、老同事、老诵友，还有《今晚报》评报的报友、商友。大家各尽所能，拿出自己的看家本领，将自己最好的一面展示出来，以慰颐养天年的老人们。我欣慰，我快乐，能把我所交往的好友聚到一起，着实让自己度过了一个难忘的老年节。

我的老邻居、发小守明夫人的才艺可谓"厉害"，她演唱的梅派京剧曾获得 2018 年"和平杯"京剧大赛三等奖，其唱腔、身段和演技堪称一流。遗憾的是因临时嗓子嘶哑没有听到她委婉动听的唱腔。

守明献唱一曲《我的祖国妈妈》，开嗓就叫好，音域宽广、明亮，以情带声，唱出了对祖国妈妈的热爱。

老同学刘幸福擅长评戏，尽管患过脑梗，但应我之邀欣然到场。她的热情让我好感动。演出结束后她对我说："有演出一定喊着我！"

我的老同事凯玲是我 45 年前的诵友，在西青大学城住，当我向她发出邀请时，她不顾舟车劳顿，义不容辞应允。多好的诵友啊！我们曾一起在扩音器前为天重全厂万名职工朗诵诗歌。那个岁月、那段年华回忆起来让人留恋和思念。

宋鸿琴老师演唱的《前门情思大碗茶》，是一首京味儿十足的戏歌，她的演唱字正腔圆，音色甜美，让大家在大碗茶里细细品味中国戏曲文化的独特韵味。

韩丽琛老师的美声唱法了得，声音圆润，情感饱满，一曲《我爱你，中国》赢得热烈的掌声、喝彩声，唱得让人回肠荡气，涌起激情无限。

小叶子（杨素花）是我 20 多年的商友，她为人热情，乐于助人。她清唱京剧《西厢记》选段"小姐多风采"，行腔自如、委婉，获得热烈的掌声。

《今晚报》评报好友们的才艺同样令人刮目相看。她们跳起了精彩的舞蹈，舞蹈的着装尤其是一大看点。王玉洁老师的舞蹈《掀起你的盖头来》，轻盈柔美、婀娜多姿，老人们看得如痴如醉。丁慧敏表演的《天路》，更是别具一格，美不胜收，令老人们心旷神怡，美美地享受了一场文化大餐。

（发表于 2022 年 10 月 25 日《中国乡村》）

谁比谁也不差

我的女儿非常优秀，这让我想起她上小学时开家长会，老师让我向其他家长介绍自己怎么培养教育女儿的经验。我说："全班同学都一样，谁比谁也不差。"

今天，我到了古稀之年，我仍说："谁比谁也不差。"但七十年的岁月让我感悟到，人生就是这样，花无百日红，各领风骚，不必羡慕谁，脚踏实地真实做自己就好。我小时候同院房东那可是风光十足，每到年节假日送礼人可多了，两个儿子天天吃点心，我可羡慕了。因为房东能给人看病，大伙才给他送礼。那时我就立志：我长大了多学本事，也能出人头地。我学过针灸按摩，后来因为种地缘故，这个梦想化成了泡影。

我参加工作后，对强者不攀附，对弱者不轻视。

1996 年，我离开了天津重型机器厂，应聘到一个区属企业搞经营。我对每一个应聘员工，包括残疾应聘者，都感谢他们的加盟。部门经理非常不愉快，说我头脑有问题，我解释说："面对激烈的市场竞争，我们企业能给这些人提供一个工作机会，也是为社会减轻点负担。"说实话，我们能做的也就这点儿贡献。这些残疾人比正常人都珍惜这个工作机会，而且更加努力地对待这份工作。

退休后，我在 3 个社区当艺术团长，反应慢或者表演天赋差一点的人，我都让他们上台，居民谁也不愿意挨着这样人，我就安排党员在其左右。这些人看见我都给我倒水，给我一把瓜子、一个苹果，让我很感动。让每一个居民都享受社区美好生活，这就是我——一个志愿者负责人的责任。

有些人有点儿本事就吆五喝六，好像这个世界的救世主就是他似的，我觉得有点过。人的一生就是过客，当你离开这个世界后，有多少人能记着你？没有。看淡自己其实就是修行，"谁比谁也不差"这句话就是我的信条。

大栅栏，少年的记忆

20世纪60年代，我上小学六年级时，有一天趴在一个教室外面窗户下等老师下课。一个同学淘气，用木棍敲打已经损坏的玻璃，我来不及躲闪，破碎的玻璃扎伤了我的眼睛。我在天津眼科医院诊治了很长一段时间，大夫建议我母亲带我到北京同仁医院找专家再去确诊一下更好。因为那时我才十三岁，如果眼睛留下后遗症，将给我一生带来痛苦。母亲听后就决定让十九岁的姐姐带着我到北京去找父亲，让父亲联系北京同仁医院主任为我治疗。那时，父亲工作单位在北京，母亲需要上班，不能陪我去北京。我就和姐姐来到父亲单位的招待所住下了。父亲单位招待所的位置，就在北京前门大街大栅栏鲜鱼口胡同里。我忘了是几条了，但北京胡同很宽，招待所虽然在胡同里，但可以进出汽车。

我和姐姐从马圈京津冀联运总站下车，坐公交车来到大栅栏，走进一个很大的四合院，院里有20多间房子，北面的房间最多，好像有六间房子。北房正屋有电话，这间房屋面积最大，有办公桌、沙发，应该是接待来人的客厅。东面有一间屋是厨房，里面有橱柜和炉子，还有一张桌子，放上菜板可以切菜。尽管每间屋子都不是水泥地面，但干净整齐，被褥洁白如新，让人一眼就爱上了这里。招待所可以让家属自己做饭，锅盆碗灶全都是现成的，这对外地来京的家属来说太方便了。虽然粮、油、酱、醋、盐要自己购买，但在那个年代，外地人到北京有个地方住实在是太可心了。

姐姐陪着我不知需要住多长时间，因为检查眼疾和恢复视力可不是一天两天的事，再有自己做饭可以省点钱。我那时虽然年龄不大，但是我也知道出门在外能有这么好的条件，这么方便的地方可以省很多钱，故而沾沾自喜。父亲单位的大栅栏招待所是我少年时代进京最美好最快乐的记忆，让我至今难以忘怀。

招待所的所长姓张，是个待人热情朴实的五十岁左右的中年人。看到我和姐姐两个人人生地不熟，就给我们介绍这附近菜店和副食店坐落地点以及乘公交车的车站和开往的方向。那一刻我知道了北海公园的位置，天坛、地坛公园离招待所有多远。那时前门火车站还存在。每天天安门广场都有毛泽东思想宣传队演出。我眯着眼睛认真听张大伯娓娓道来，述说北京的东南西北，我期盼能逛一逛张大伯所介绍的旅游景点。张大伯口音是衡水地区的方言，尽管到北京多年了，但家乡味很重。姐姐问："您老人家是哪里的？"张大伯随口答道："武强。"姐姐感叹着继续问："武强哪个镇？哪个庄？"这一问不要紧，得知张大伯和我家还是亲戚！那一刻，张大伯激动地说："闺女，这是天意呀！让咱们爷仨在大栅栏鲜鱼口胡同相见了。"姐姐高兴地用招待所的电话告诉了父亲。星期天，父亲来到招待所和张大伯攀谈起来，他们竟然还是表亲！因为父亲十五岁就离开了老家，所以一个村里的亲戚来往也就不多了，真没想到在北京大栅栏父亲单位招待所找到了一位分别20多年的表亲。有了这层关系，我在招待所住着更畅快了。张大伯天天给我改善伙食，我想爸爸了可以打电话，这也是我人生第一次近距离地接触电话，感受到电话给人们带来的便捷。

不知过了多长时间，父亲带我到北京同仁医院找主任去确诊，做了很多项检查，最后说别急着回天津，过一个月再来复查。这下可好，我天天磨着姐姐带我到景山公园、中山公园、北海、白塔寺，越玩越野，天坛、地坛、陶然亭公园正好在张大伯家门口。60 年前记忆好像就在虎坊桥那一片。张大伯家有个妹妹，张大妈叫她"小三"，对我的到来十分抵触，因为我没来之前一家人都宠着她，而我的到来，张大爷和张大妈热情地招待我，使她感到有些失落。张大爷解释说："小五是客人（因为我在家排行老五），下次你到天津还得找他去呢。"说什么也没用，她嘟着嘴一脸不情愿的样子，我们不愉快的见面也留在我的记忆里。现在她也 60 多岁了，不知道她是否过得好？

一个月时间很长，也很短，复查主任确诊无大碍，姐姐就先回天津了。我就来到父亲单位的单身宿舍住下，待有回天津的汽车就搭车回津。我在父亲单位最愿意待的地方就是财务科，这里的阿姨对我可有耐心了，教我打算盘。那一刻，我知道做一个会计多么安静和文雅呀！一天算盘声不断，我好像看到"大珠小珠落玉盘"般的新奇和神圣。

我终于可以回天津了，一起回天津坐在货车苫布上的还有天津交通局总调度室林大夫的女儿，她好像比我小一岁，我们在车上无拘无束聊得倍儿酣。她好像住在德才里，很快货车到了天津京津冀联运站，我下车走着回了家。

一个甲子过去了，北京前门大街大栅栏鲜鱼口胡同，这个我曾经到过、住过的地方不知道现在还有没有？尽管工作后结婚、有了孩子，我也到北京父母家探亲，但少年时期的北京之行，我第一次住在大栅栏鲜鱼口胡同的情景，时时浮现在我眼前，是我永远难以忘怀的记忆。

（发表于 2023 年 4 月 13 日《中国乡村》）

童年的"中山路"

　　我的家在中山路旁，我出生在那里，到现在已近 70 年了。说起我与中山路的情缘，可以说三天三夜也讲不完。我亲眼见证了中山路 70 年的变迁，感慨颇多。

　　小时候，这一带居民称中山路为"大马路"，实为"大经路"。从金刚桥、第二医院、河北艺师、川鲁饭庄、大天津食品店、明顺斋馄饨、达仁堂制药厂、十月餐厅、十月影院、达仁里、北站百货到铁路北站，这一条街上有那么多名字号，这是让居住在这里的居民有引以为荣的历史记忆。

　　记得我上小学时，学校组织学工劳动，我们去过"大天津"食品店、达仁堂制药厂、天津制鞋厂、天津第一铁丝厂等单位。

　　说到"大天津"食品店，那在中山路可是首屈一指的糕点店。每到年节，购买"大天津"糕点的人群排着长长的队，是中山路上展现市场繁荣的一景。走亲访友的人们提着带有"大天津"字样的糕点盒子更是神气十足，可见当时居住在河北的居民对大天津的糕点有多么的钟爱。那时，我们年龄较小，来到"大天津"劳动，就是给蚕豆中间拉个口，这样炸出来的老虎豆就又脆又酥，既好看也好吃。通过学工劳动，不仅增长了见识，也学到了许多书本上学不到的知识，还懂得了"老虎豆"的制作方法。

　　到达仁堂制药厂劳动时，我可羡慕在这里上班的阿姨了。车间里的阿姨们说话不紧不慢，穿着洁白的工作服干净利落，各个显得善良、厚道。记得我们劳动过后，阿姨们还给每个同学发蒸煮过的二斤杏仁，带回家后，一家人在一起品尝享用，那时我可神气了。

天津制鞋厂在冈纬路上，一进车间扑面而来的就是皮子味。我们年龄小，就安排在拉皮子等熟练工种，从那时我了解了制鞋的工序。

在第一铁丝厂劳动，是我第一次接触铁丝工厂。我知道了铁丝是由模具拉伸变成符合需要的相应粗细，这在当时让我感到很神奇。

记忆中的中山路给予我人生中很多的初次经历，但是我最大的收获还是在河北区文化馆获得的。因为我在这里参加活动四年，受益匪浅，我学会了舞蹈、唱歌、朗诵。几十年过去了，当我站在舞台上，就会情不自禁地想起舞蹈老师对我练功时的指导。"台上一分钟，台下十年功"这句话让我印象深刻。

中山路上那叮叮当当的有轨电车早已远去，但留在记忆里的岁月永远是那么美好。生我养我的福地中山路，让我一生享用，终身受益。

（发表于 2022 年 11 月 5 日《中国乡村》）

岁月篇

老房旧事

40 年前，我家居住在天津河北区二马路淮西里 2 号。院子不大，有两户人家，北房、南房各三间，西面是学校的院墙，靠墙的小屋就是我们俩家的公用厨房。说到厨房，无法和现在家家户户的厨房相比较。中间是个大煤池子，两户人家一家一半。破烂不堪的房顶，下雨天房顶漏水房东也不修了。这儿的房子时间太久了，建于 19 世纪末期，到我出生时已经半个多世纪了。

我家住北房，原房屋结构是一明两暗。后来，把屋内靠左手木板隔断拆除，变成了一大一小两间房。大屋摆放着八仙桌子、两把椅子、梳妆台和一摞到顶的四个樟木箱子。屋里铺的是木地板。夏天在地板上铺上褥子和凉席，睡觉可凉快了。

我家是 20 世纪 40 年代搬到这里来的。北房原来是老房东家的客厅和一个套间，房东在天津法院任公职，夫人在北京居住。我出生时他已经不在天津了，只知道父母亲称他为陆先生。

当年，父亲学做买卖出师了，把母亲从河北武强接到天津。正好在报纸上看到了房屋出租广告，于是租了这间房子。当时房东陆先生身边没有孩子，他独自一人和两个佣人住在这样一套院子里，显得冷清、寂寞。

父母那时年轻，英俊、朴实，朝气十足。身边只有一个孩子，充满活力的三口之家，给陆先生带来欢声笑语。两户人家住在一起其乐融融，小院充满了蓬勃的生机。

通红的炉火

因陆先生经常往返于天津与北京之间，招个房客就是为了减少寂寞，所以也就愿意把北房租给我家，自己住在南房里。解放后陆先生去了北京，就把这个院子转让给新房东武先生，我家和新房东两家也在一起居住了 30 年。武先生是个做药材生意的商人，凭着聪明好学，后来当上了中医大夫。他的医术高明，治好了很多病人，所以大家都非常尊重和感谢他。

武先生在世时，逢年过节给他送礼的人络绎不绝。因为我们两家住一个院子，所以来人都得先敲院门，有人开门后方能进来。

年幼的我又是父母的老儿子，特别腼腆，不敢面对生人，总隔着玻璃窗户，看是谁走进院子里了。当时我父亲在北京工作，所以来院子里的人基本上都是到武先生家办事串门的，来的客人几乎没有空着手的，有的提着点心盒子，有的提着水果，有的拿着罐头等。

看到武先生家有那么多人送礼，我幼小的心里十分羡慕，总想长大也要做武先生这样的人，受人尊敬，把别人送的礼物，分享给我的小伙伴，让他们也崇拜我。现在想起来是不是很好笑？世态炎凉，好景不长，几年后武先生去世了，人来人往的送礼场面再也看不到了。我沮丧的心情无法形容，真是用言语难以表达。

老实善良的武娘个子不高，虽然进城那么多年了，仍然未改邯郸口音。每天穿着合体的蓝色大襟上衣，黑裤子，脚穿自家做的布鞋，显得特别干净利落。她没有工作，在家伺候婆婆、丈夫，照顾子女，是合格的家庭主妇。为了这个家，她操心费力，呕心沥血，甚至连自己父母去世，因家庭负担重离不开，都没有回老家看一眼，只是接到信后大哭一场。那撕心裂肺哭娘的声音，至今在我记忆里挥之不去。

1976年唐山大地震后，我家北房也都震散了架，父亲找到天津关系单位用钢筋打了铜杆才凑合着继续居住。

1980年我在这间旧房里结了婚，一年后有了孩子。母亲在我结婚后就到北京照顾父亲去了。我和妻子及孩子就和武娘做了实实在在的邻里。妻子为人话不多，但很有礼貌，抱着孩子对着武娘说："叫奶奶！"喊得武娘回应："大宝乖。"在这期间我们一家人与武娘相处得非常融洽。妻子不很擅长做家务，一个人又带孩子又忙家务很辛苦，也有忙不过来的时候，武娘看到后，就主动帮着照看孩子。让我记忆最深的一次是，武娘和我拉家常，武娘对我说："五子，你是武娘看着长大的，从小你就善良老实厚道，是个有礼貌、懂得尊敬长辈的孩子。娶了个媳妇也这么好，真是不是一家人不进一家门哪，我很喜欢你们夫妇两个。咱们住一个院子就像一家人，有事需要帮忙，千万别不好意思，尽管直说。"当时感动得我热泪盈眶。

那时妻子天天抱着孩子上下班，挤公交车很费力，我就在家附近找了一个寄托户（大家都称她为五奶奶），寄托户奶奶对我说："我得了解了解你家情况再说。"正巧打听到武娘，武娘她老人家如实介绍了我和妻子的为人，结果五奶奶答应帮忙照看孩子，这才解决了妻子带孩子上班的难题。

1983年，我们居住的胡同规划拆迁了，虽然我们三口之家与武娘在这个院子仅仅居住了三年时间，但武娘和我们之间互帮互助的情景至今仍然历历在目。近一个世纪的老房旧事将永远尘封在我的记忆中，它虽平凡，但弥足珍贵，每每想起来依然感动，依然温馨。

（发表于 2023 年 1 月 11 日《中乡美文化》）

"半大衣"的故事

电梯里看着外孙穿着防寒服过了膝盖的样子，我突然想起自己小时候在河北区文化馆演出队穿"半大衣"的经历。

小时候我家里很穷，父亲在北京工作，母亲一个人带着我们兄弟姐妹六个人生活。我上面有三个哥哥，哥几个之间都相隔两岁。当时我一个上小学三四年级的孩子，除了享用哥哥替下来的衣服，根本就没有添置新衣服的可能性。从上小学开始，我目睹了母亲为养育我们付出的艰辛。母亲白天上班，晚上还要缝补浆做，每当我深更半夜醒来，看到母亲正在纳鞋底子还没有合眼，就暗自下决心：长大以后一定不让母亲这么操劳。参加工作之前，我从未向母亲要过任何衣服。

如果我没走进河北区文化馆演出队，如下这段经历也许就不存在了。我被招纳进河北区文化馆演出队后，老师在每次演出前都叮嘱我穿得好一点，因为我的小队友们每次演出都穿得很像样，这位足蹬白球鞋雪白雪白的，那位脚穿小皮鞋锃亮锃亮的，个个帅气十足，而我寒酸得竟不知白球鞋穿在脚上是啥感觉。

20世纪60年代初冬时节，我们到农村去慰问演出，文化馆通知要求：所有演职人员在文化馆门前集合乘车前往演出地点。那天我穿着哥哥的"半大衣"。"半大衣"是母亲精心翻新修改的，不仅驱寒挡风，还帅气十足。尽管我穿上过了膝盖略显长了一些，但母亲听说我到农村去演出，就让我穿上这件

"半大衣"。老师看见后，高兴地拍了拍我说："这件半大衣真不错，你穿上还挺漂亮的。"我说："这是我哥哥的。"老师说："咱们有演出你就找你哥哥借一下穿来。"老师记住了这件半大衣，每次演出都让我穿这件半大衣。可那时哥哥已经上初中了，他的学校离家很远，每天放学后到家也得六点来钟，而我们演出集合时间每次都是五点半。当我没有穿上哥哥的半大衣时，见着老师只能低着头喃喃地说："哥哥还没回来。"老师拍拍我，什么也没说，找一身道具服装给我披上了，怕我冻着。顿时，我不仅身上感到暖和，而且心里又多了几分对老师的感激。

外孙有几件"半大衣"我也说不清，女儿为我购买近千元的防寒服也有好几件。一件"半大衣"的故事虽然已经过去60年了，但对我的激励一直装在心里。改革开放极大地改善了人们的生活，"半大衣"的故事永远不会再发生了。

"半大衣"的故事，带给了我很多感悟，让我记忆犹新，也激励我养成了成人之美的习惯。成他人之美其实也在完善自己。这段往事虽然过去了很久，但"半大衣"永远留在我的记忆里，它使我常常想起贫困艰苦的童年，激励着我要做一个老师那样的人。

（发表于 2023 年 2 月 24 日《中乡美文化》）

让　路

　　早上，我从家里急匆匆赶往医院探望病人。当我走到住院部一楼过道时，看见护工用轮椅推着一位比我年岁大的女士，见此景我主动避让，让护工推着女士先过。当轮椅从我身旁推过时，那个女士抬着头看着我诚恳地说："耽误您时间了，谢谢！"我稍愣了一下回对方道："您太客气了！"

　　我只是收了疾行的脚步，停下侧了侧身，就得到了女士这么客气礼貌的感谢，这让我十分感动。她是病人需要照顾，我只是让了让路，而她把礼貌的话语送给了我，让我一整天的心情都充满阳光。看来遇见有素质的人真好！当我把此事和老伴儿叙说时，满满的幸福感油然而生。

　　老伴儿也讲了她的经历。那天，老伴儿在黄纬路从东往西过马路时，因她走路慢，刚过中间线时，黄纬路从北向南方向的直行灯便亮了，已经等待了很久的汽车都开始启动了，弄得老伴儿不知所措。就在这时，在离老伴儿两米之处，一个花白头发的司机师傅隔着前风挡玻璃，微笑着向老伴儿挥手，示意她继续过马路，老伴儿看明白驾驶员的谦让，立即回礼致谢。就这样，直到老伴儿走到人行斑马线安全范围，那位老司机才启动汽车离去。老伴儿说："到了便道上我嘴里还不停地一个劲儿说着'谢谢、谢谢'！"

　　是呀，出门在外难免会遇到各种各样的事，或许人们不经意的一个善意举动，一句感谢的话语，一个温暖的眼神，都会给对方带来幸福和快乐。

（发表于 2018 年 12 月 14 日《中老年时报》第 6 版, 2018 年第 12 期
《西北散文选刊》）

系鞋带

在城厢西路与北城街交口处，路边有个卖水果儿的小店。店里有位年轻的女店主看上去有 30 多岁，一脸的憨厚相，不是很能说，但她做买卖、搞经营，给人感觉热情厚道。

我每天去学校接外孙都从她店门口路过，有时进去买点外孙爱吃的水果。一天，小外孙进了水果店，他看着琳琅满目的货架上摆着五颜六色的水果儿，转了一圈，就在这转的当中，他的鞋带儿开了。女店主站在门口，本来她是在向小外孙推荐水果儿。看到此景女店主喊道："宝贝儿，你鞋带儿开了！"我听到这儿急忙把手里的东西放在一个凳子上，准备走过去给外孙系鞋带儿。这时，女店主三步并作两步，快速走到外孙跟前，蹲下身子把外孙的鞋带儿给系好了。

那一刻，我突然感觉到女店主的情商和与众不同的经营之道。给孩子系鞋带儿，这并不是女店主的分内之事，但作为一个商人，作为一个中国当代女性，她的举动是那么的高尚，她没有把我们爷孙俩仅仅看作是买东西的人，而是把我们的安全放在第一位，她做人的标准把"安全第一，经商第二"紧紧地联系在一起。看到此景，给我外孙的幼小心灵埋下了一颗感恩的种子，人人献出一点爱的行为也感动了我。我深深地向她鞠了一躬，说："谢谢你，你真了不起！"

（发表于 2021 年 1 月 1 日第 1 期《海河文苑》；2021 年第 3 期《中华风》；2021 年 1 月第 46 期《七彩虹》）

遗憾的抓拍

在河北区文化馆对过的千禧菜市场内，有个卖水果的孙姐，提起这位孙姐，这一带可以说是无人不知无人不晓。昨天我到她摊上买水果，看到一个五六岁的孩子坐在她租赁房子里的椅子上，孙姐一边照应大家买水果，一边安慰那个男孩子："奶奶一会儿送你回家。"

突然，一个中年女人像疯了一样，来到孙姐摊前，大声喊着："在这儿呐！"然后一个60多岁的爷爷抱着一个两三岁孩子冲了过来。爷爷已经扭曲的脸部表情，让人感到这个小男孩一定要遭到暴打。孙姐放下手里的买卖，大声疾呼："不许打孩子！孩子在我这儿没事。这孩子挺有心眼的，知道到我这来。"

原来，孩子和爷爷及弟弟一起逛商场，爷爷从商场外边走，孩子从商场里头穿行。孩子出了商场时没有看到爷爷，爷爷到了另一个门口也没看见孙子。孩子就走到孙姐的摊子前，孙姐及时将孩子收留。这就出现了开头这一幕。

还说孙姐，尽管她没上过一天学，但她善良、热心的一举一动不知感动了多少人。我认识她是在她接了原摊主的买卖后，几年来真不知道她帮了我多少忙？

2017年7月18日，我岳父被车撞了后，两个老人都躺在床上需要伺候。我家光保姆就先后雇了3个人，家里人手还是不够用的，需求蔬菜水果就全由孙姐负责了。孙姐是卖水果的，一捆捆葱、一包包白菜，由她专程从批发蔬菜的地方送到我家，让我好感动呀！遗憾的抓拍让我对她更是刮目相看。一幅题目为"暖心蔬果"的书法家的字画，寄托着我对她的赞誉。

（写于 2018 年圣诞节凌晨，发表于 2020 年 9 月 10 日《天津日报·北辰之声》副刊，2021 年第 3 期《中华风》）

两碗甜水

懂得感恩的人，回忆往事总是幸福满满。

我上小学五六年级时，曾担任过低年级的辅导员，在我成长的经历中，遇到了让我难以忘怀的事。

记得那年快到六一国际儿童节了，低年级的班主任李老师让我给他们班的同学们排个表演唱节目，歌名是《我们是共产主义接班人》。我曾经在河北区文化馆演出队好几年，天天耳濡目染，排演几个动作还是可以胜任，毫不畏难的。

这个班有40多名同学，我从中挑选了20名组成了演出队。这个班同学的家居住的地方比较集中，有个叫霍唯一的同学，他家的院子很大，走廊下20多人排练表演动作很宽松。场地有了，我决定用课余时间到他家组织小弟弟、小妹妹们开始排练节目。霍唯一的奶奶看我一个大孩子带着这么多小孩子排练节目挺辛苦的，每天快排练完时都让霍唯一给我端一碗"海马水"。因为霍唯一的父亲是中医大夫，很懂得养生。珍奇的"海马水"让我一个十几岁的少年也能享用，这使我受宠若惊。喝一口，感到心里暖暖的、甜甜的，让我不知说啥才好。我非常认真、细心地组织这些当时才七八岁的小弟弟、小妹妹们排练节目，一个动作不知练了多少遍。当小队员们走上舞台，个个神采奕奕，精神焕发，表演成功的那一刻，我激动的泪水夺眶而出！

初中毕业后，我参加了工作，还是没有脱离学生时代的样

岁月篇

·

175

子。制服上衣口袋上总插着一支钢笔，搞得团支部负责人找我谈话时说我是"小资"习气，不能和工人师傅打成一片，闹得我一头雾水。参加工作后不久，我就产生想去上学的念头。母亲得知我的想法后和我交谈："你父亲在北京工作，你两个哥哥一个姐姐都上山下乡了，去了外地，你上学毕业后再分配到外地工作，回不来我怎么办？"我想想也是，母亲的话让我打消了脱产去学习的念头。

但我进厂后广交朋友，母亲还是大力支持的。有一天小伙伴王吉林邀请我到他家去玩儿，吉林的奶奶是个和蔼可亲、慈祥的老人，她拉着我的手嘘寒问暖，紧接着她又给我倒了一杯水非让我喝，我实在推脱不下，就抿着嘴喝了一口，啊，是"糖水"！让我有一种说不出的感受。那时物资匮乏，一般人家用白水招待客人，而奶奶却用糖水来款待我，这又让我受宠若惊。喝一口，感到心里暖暖的、甜甜的，感动得我不知说啥好。事后我问吉林，他说："奶奶看到我和你交往打心眼里高兴，因为你比我爱学习，奶奶喜欢有文化的人。"

几十年过去了，这两次受宠若惊的"甜水"让我想起来就有些激动。两个奶奶给予我的，不是只消除干渴的水，里面饱含的却是深深的情和爱。

如今我也老了，看到外孙与小伙伴玩耍，我不也是希望他能多交些懂事爱学习的孩子嘛。这是长辈对晚辈的期盼，也是精神寄托所在。而今，我对热乎乎的"甜水"有了更深层次的理解。

（发表于2023年1月12日《中老年时报》第4版）

读秦岭

我的侄女分配到大山深处的一个小山村。

侄女恋爱是在 20 多年前。那时候我听说侄女翠花谈的男朋友是搞技术的工程师，姓夏。爱笑的小夏显得温文尔雅，性格平和，尤其在说话的时候，总是先笑后说话，话里偶尔夹杂陕西腔调。我第一次听他讲话的时候请他解释，原来这种腔调是陕西普通话，蛮好听的。

说来有个小插曲。我有个学妹，大学毕业后就成了作家，现在刚 50 岁，前些年我们就称她为老作家了。她的家在陕西，也靠近秦岭，每当她提起秦岭就带着自豪的神情。在她眼里，秦岭更是世外桃源。有一次开笔会的时候，她一不留神说出陕西话，大家瞪着眼睛没听明白，让她重复再说，她一本正经地重复了一遍。话音刚落，在座的人们笑得前仰后合，不知谁说了一句："陕西话更适合搞小品。"

后来侄女一家三口生活在北京，侄女她们一年要回陕西两次，时间在春节和秋天。

每到秋季，侄女都要回到陕西盛家庄帮着公婆搞秋收。每到那个时候，侄女就拍摄下好多山野风景照，一幅幅原生态的山乡美景，让人看着浮想联翩。

其中有一组照片是农民忙着秋收，他们的脸上挂着丰收的喜悦，箩筐里装满果实。还有一群鸡在小树林觅食，金色的土地上，紫红色羽毛的大公鸡抻着脖子抖着彩色的翎毛高叫着，黑色尾巴一闪一闪的发着亮光，还有奓开颈部羽毛摆着扑架的姿势甚是惹人喜欢。黄黑色如凤的芦花鸡带着嫩黄的小雏鸡们寻着食物，几只满身雪白的小白兔吃着菜叶子，几只小狗在追逐打闹……

一条弯曲的山间小路两侧，枣树仿佛是给群山涂上的唇色，柿子树硕果累累，颇像为大山点着灯笼。野花绽放，姹紫嫣红，引来蝴蝶翩翩飞舞。远处的农舍飘着袅袅炊烟，犹如写生人的笔端甩出的彩墨为山乡烟雨润泽。院落是用石头砌成的围墙，庭院栽种的绿叶菜上落满霜花，在太阳的光照下，像一只只跃跃欲试的青蛙。树的枝丫上落着各种颜色的山雀，它们的歌声也似有乡愁飘荡在群山峻岭间。

观赏完这些照片后，我在思索，假如站在成峰成岭的山之巅，一定能遥望到秦岭的终南山及最美的景致——商洛。

秦岭，是一道龙脉，每一枚石子都是山的仙骨。秦岭的清泉石上流，像歌谣回响在山谷。秦岭不孤独，听着四季的风拨动垂柳的琴弦，百鸟伴唱。

秦岭的春天满怀憧憬，铺展冬日沉积的思绪，追逐春雨，把泛香的种子赠予山野，渴望成田园。

秦岭的夏天，溪水流成的绿练，把道道山梁披上锦绣绸带，熠熠生辉。

秦岭的秋天，展现地域的腔调，动听得让白云歇脚，青苔蕴藏山歌的回声，风不再脆弱，丰收的歌声遍野，响彻云霄。

秦岭的冬天，饮着浊酒，向沉默的大地河流致意，山那端传来禅声，祝秦岭平安，回荡在岭的深处。

我只是看到那些秦岭的风景照,若身临其境领略秦岭原生态的意境,岂不是一种享受? 劳作的山乡人把山村从前的凋零简陋打造成今日的枝繁叶茂,生活在秦岭山村的人们用勤劳和智慧在秦岭的原图上彩绘这里的山清水秀,向世界展示秦岭大自然的画卷。农民们对大山执着的热爱,用热血铸就这里的未来,每一缕袅袅炊烟都在升华秦岭姹紫嫣红的封面。倘走近秦岭,一定是在翻阅一部原生态的志书。

(发表于 2020 年第 3 期《百家传奇故事》)

遥望终南山

　　侄女从秦岭的婆家回来后，拍摄了好多秦岭照片让我看，那些秦岭深处的自然美简直就是一幅幅水墨画卷。

　　我赞不绝口地欣赏着，心里想着怎样表达向侄女索取照片的开场白，聪明的侄女看懂了我的小心思，立马把照片全部都给了我。

　　回到家，我把照片一张张铺展开来一一欣赏着，那一刻，秦岭的气魄和原生态的美令我神往。

　　忽然间，我想起终南山就属于秦岭山脉的一部分，我拿起电话问侄女拍终南山的照片了吗？侄女告诉我哪一张照片可以看到终南山后，我仔细地寻找着，翻着秦岭的照片，我在幻想有朝一日自己要到秦岭，翻山越岭去找终南山。我不知不觉睡着了，忽然听到雨打玻璃的声音，我被惊醒，才发现自己已趴在照片上睡了一觉，在几个小时的时间里，我竟然做了个爬山的梦。

　　梦中的我，手拿照片一张张的比对景致，好似和秦岭对暗号。绵延起伏的秦岭大山深处，稀疏的农舍炊烟袅袅，春色撩人，环绕的春烟像大雁拉长北飞的归途线。不知名的飞鸟和野山鸡发出的声调与韵律回荡山谷，一行行绿油油的蔬菜叶子上飞落的蝴蝶，我停下脚步给它们取个名字"虫就大叶"（成就大业）。湛蓝的天空彩云飞，真的让我想起"谁持彩练当空舞"的诗句。

秦岭是我向往的地方，漆黑的夜色让我梦到秦岭，岂不也是梦萦祖国的锦绣河山？梦游秦岭，我用照片的美景当邮戳，在梦里遥寄问候秦岭，遥望终南山。

（发表于 2020 年 10 月 3 日第 830 期《丝路听雪》）

梦中重逢

　　时光匆匆，几十年过去了。最近的一次梦里，我像是穿越了，梦见了 20 年前我出差在火车上遇到的女兵。

　　20 年前，我登上列车，拿着火车票对号入座后，刚坐下来喘歇的片刻，一位身穿绿军装手提行李箱的女兵手拿火车票向我的方向缓缓走来。我下意识地望了一下头顶上的行李架，那个女兵在做脱鞋的架势，准备站在座位上往行李架上放她的行李箱。我立马站起来说："来，把手提箱给我，我替你放上面吧。"女兵很客气地说："那好，谢谢您！"顺便就坐下来了。

　　那个年代，出差的人在长途旅行中大多是用书籍打发旅途漫长的时光，此刻我习惯性地从书包里拿出一本林语堂著的《红牡丹》。谁知，我刚把书放在列车餐桌上，女兵就信口说："《红牡丹》是林语堂的名著，这本书可读性很强。"我两眼直勾勾地看着她说："我还没看呢，不知道内容。"女兵笑呵呵地说："内容是与爱情有关的。"接着，她像讲故事般地娓娓道来。她对这本书绘声绘色的一番描述，我听得入迷了。待她说完，我读书的欲望转变为与她聊天。原来她是一名文艺兵，而我也是文艺爱好者，这样一来我们似乎很投缘，从剧本脚本聊到舞台，及演员文学功底，乃至还浅聊到部队生活。从我的发问到她的解释，我发现她很有思想，对自己的职业道德什么该说与不该说掌握得恰到好处，而我以常年从事业务工作的经验告诉自己，这个女兵很优秀，出自她口的语言很有文学艺术性，也是一位饱读诗书和熟知天文地理的女兵……

不知不觉地聊了六七个小时，我马上要到达目的地——山西，准备收拾行李下车。忽然间女兵对我说："你可以不下车吗？我惊讶地问她："为什么？你有什么需要我帮忙的吗？"她说："我想让您陪我到呼和浩特，然后我再给您买火车票，您再回到大同可以吗？"我一头雾水不知所措，忽地，我由惊讶的神态冷静下来说："谢谢你对我的信任，我也有公务在身，不便再陪你前行，咱们有缘再重逢啊。"女兵的脸颊泛起红润，就要到站了，我起身与她道声："再见！"女兵和我握着手说："我虽然年轻，您是我长这么大第一次遇到的说得上来的人，您对艺术的追求可见一斑，谢谢您一路给我讲大千世界的见闻。"我说："姑娘努力啊，你会有大好前程的！"女兵的眸子湿润了。

下车后，我也浮想联翩。40岁的我在旅行途中和女兵相遇，与她有了一次邂逅。当初在列车上我与她分别时说的"有缘再重逢"的话语，几十年后竟然在梦里实现。

（发表于 2020 年 3 月《读者文摘》）

我与天津起士林

20世纪70年代，我和一个胡同的邻居五华先后初中毕业分配在天津就业。我们进厂后都是学徒工，每月仅发17元工资。工作单位都在郊区，离家比较远，谁家也无力购买自行车给我们作为交通工具，只好买公交车月票，解决上下班交通问题。而有了月票可以坐公交车到处去转转，由于刚毕业分配，能坐上公交车还是挺骄傲的。

有一天，五华约我到小白楼转转，我们换了两趟车就来到小白楼。那时小白楼一带虽然门脸不算多，但也比较繁华。因为当时和平路商业一条街人山人海，而小白楼就那么几个店：新华书店、起士林、音乐厅、丝绸布店，转了一圈后，我们来到起士林餐厅。

这家餐厅名称的由来可以追溯到1901年，当时德国人阿尔伯特·起士林在天津法租界内创办了津城最早的西餐馆，以自己的名字"起士林"作为店名。这个餐馆最初位于法租界大法国路法国俱乐部对面，后来迁至德租界与美租界交界的威廉街，即今解放南路天津政协俱乐部对面。起士林经营正宗的德式西餐和面包、点心等食品。

我跟着五华走了进去，他认真地巡视了一番。我心里想，到这来喝点儿冷饮算了，当我正准备交钱时，他拽着我走出了起士林餐厅，一边走一边说："看看就完了，花这冤枉钱干嘛！"那一刻我蒙了，心想，来都来了，买个冰淇淋体味一下有啥不好？这件事埋藏在我心里 50 多年，我真恨不得哪天拉上老邻居好好品尝一下起士林餐厅西餐的味道，观赏一下沿街风景。

20 世纪 80 年代，我是一家大型企业的煤炭采购员，企业用煤天天告急，我接手这项工作后，大部分时间是在山西大同矿务局盯着催发煤炭，很少与妻子女儿在一起逛商场、游公园。难得有一天，我陪着妻子回她小时居住的地方——睦南道老宅看看，妻子看到自己曾经上过的坐落在睦南道上的和平二幼很伤感，我为她抹去眼角的泪，哄她去起士林西餐厅就餐。妻子和孩子跟着我顺着睦南道来到通往起士林餐厅的路上，我到了小营门大街，左手就是煤建公司大院，因惦记着厂里煤炭发运情况，就告诉妻子她们等我一下，我进去看看是哪个调度员值班，嘱咐拜托一下，千万别把到达的煤炭给调走。因为我厂卸车力量不足，有时铁路为了赶空车皮回发，有可能就把到货我厂的煤炭调到煤建四厂。恰巧是寇调度值班，我们一下子聊了起来，就把带妻子和女儿吃西餐一事忘了。后来妻子让门卫师傅到调度室去找我，这次没能如愿在起士林就餐。此事我一直装在心里，每想起来心里有些酸楚不是滋味，总想找个机会弥补。

20 年前，我被一企业聘为职业经理，几个外地小伙子因春节前没能订上返乡的火车票而无法与家人团聚。看着他们沮丧的样子，我就想，我的孩子过年能回到自己父母跟前，享受父母的关爱，他们也是孩子，我作为企业负责人，应该让孩子们减少不能回家过年引起的不悦和佳节倍思亲的心绪，我就驾车拉着他们来到起士林餐厅。这也是我第一次作为餐客享受起士林西餐的文化氛围，身旁有烤炉和啤酒桶，我们坐在观赏街景的饭桌前，吃着六分熟的牛排，我问他们："高兴吗？"他们摇摇头说："不知道。"当时尽管三个人消费了上千元，但他们没有露出惊喜和快乐的表情，让我十分扫兴。他们说："不如您给我们点压岁钱实惠。"听到这里，我给他们每人200元，让他们自己打点剩余的假期时光。20年后我想起那个春节，心里还是有些惆怅，因起士林西餐没给他们留下美好记忆而有些遗憾。

从我参加工作16岁时到起士林游玩，到如今已经55年了。设想哪一天，我一定陪老伴儿好好品尝一次起士林的美味佳肴，让多年的夙愿变为现实，并回顾自己与起士林的渊源。

（发表于2023年8月31日《中国作家网》）

友情 篇

医不治己

俗话说："医不治己病。"但是我们的主人公赵同军大夫，恰恰靠自己多年的刻苦钻研与实践，把自己的面瘫治好了。

我患病接受赵大夫治疗期间，很佩服他与众不同的和患者沟通的技巧。我刚接受赵大夫的治疗初期，便向他询问自己的病情，他即给我确诊为腰部病患所致腿疼脚麻。聊天中，我冒昧地问道："神经线您见过吗？"赵大夫告诉我，他在做解剖时曾挑过"神经线"，以验证其在人体的走向。那一刻，我终于感到真正能治愈我病痛的好大夫出现了。

从"二月初二"龙抬头，我胯髋关节疼痛到"疱疹"，整整治疗了两个月就是不见好转，急得我团团转。就在我心烦气躁、感到一片渺茫之际，朋友给我介绍了赵大夫。一见面赵大夫就告诉我："你要不是好朋友介绍来的，我是不会给你接诊的，因为我也快 70 岁了。我出过车祸，身体也大不如以前了，累了也受不了。我每天还要为自己治疗。""为自己治疗？"我惊讶地说出声来。

原来，赵大夫不仅为找上门来的患者医治病患，35 年前一场车祸把他撞得 11 处骨折，躺在床上 8 个月不能翻身，是天津医院显微外科专家高光伟上家里来，亲自把他拉到医院进行了手术。一个视职业为天职的白衣天使，为普天下需要他的病人活着，是赵大夫几十年从医的动力。赵大夫靠自己多年积累的骨科治疗经验和技术，愣把自己治疗得能行走，并重返医生岗位。最主要的是他忠诚于"粉丝"那期盼的眼神,见不得患者因病痛而呻吟。每次看着他为病人实施一整套的治疗,我都心疼得不得了。按摩、拉伸、复位,每一个步骤,赵大夫都非常认真负责地进行。我要拍他的工作照被他拒绝了。半天几十个病人排得满满的,赵大夫没有喝一口水的时间。下午他就为自己治疗。例如我患肩周炎,赵大夫给我微波治疗后,还给我按摩活动一番,而他给自己治疗,却没有这么细致入微。

我在写这段故事时眼泪都涌出来了。赵大夫把爱给了每一个病人,而他自己却没有那么"幸运"得到更周到的医治,这就是一个"治己病"的好医生——赵同军。

（发表于 2023 年第 1 期《中华风》）

我第一次见"路条"

我上小学三年级时，班主任老师叫洪秀玲。在一次家访中，洪老师得知我父亲在北京工作，就主动让我放学后跟着她在（因为那个年代教学条件差，学生多、教室少，一个班仅上半天课）办公室里写作业，吃教职员工食堂的饭。当时在我们班、我们学校，我是唯一享受这种"待遇"的孩子。

时间虽然很短，但在我人生的记忆中，洪老师的爱心和恩情却一直在激励着我。在我幼小的心灵中就暗下决心：一定好好学习，绝不辜负老师对我的厚爱。

记得每次从食堂打回饭来，老师总是让我先吃，那可是节粮度荒的岁月。当时老师已怀有身孕，懵懂的我不懂得这些。现在回想起来，心有愧疚。后来洪老师歇产假了，又换了一位班主任老师。

几十年过去了，我参加工作后一直在寻找洪老师，直到自己退了休才找到。那一刻我看到洪老师激动得哭了，她已是85岁高龄的耄耋老人了。

逢年过节我就去看老师，她与我在一起有说不完的话。老师回忆往事，讲起她青春岁月的故事，让我钦佩不已。

天津解放前夕，老师已加入了进步组织，为了给解放天津攻城的部队提供信息，她亲身参与了向攻城的解放军部队打信号弹的任务。不久，根据需要组织上派她到南郊区搞普及农民识字、扫盲工作。当时天津虽然解放了，但敌特搞破坏活动很

友情篇

猖獗，尤其在天津附近郊区仍实行盘查路条的指令，没有路条是不允许出入市区的。老师从南郊区回市里就开了一张路条。当老师把那张"路条"交给我时，我如获至宝。因为这张路条记录了老一代人青春岁月经历的往事，是她们投身革命的见证。同时也使我第一次见识当年的"路条"什么样，十分难得。

今天，我已经是年近古稀之人，每当看到这张"路条"，心中的崇敬之情油然而生。70年前老师为了建设新中国走进农舍教人识字的场面就浮现在我眼前。我感恩洪老师，她用行动帮助无人照顾、存在困难的学生，减少了我父母的后顾之忧，给我创造了一个好的学习条件，使我受益终身。如今，我在社区作为支部带头人，以老师为榜样，尽心尽力为大家服务，这是报答老师最实际的行动。

（发表于2022年11月10日《中乡美文化》）

同学情

"生男莫喜女莫悲，女儿也能壮门楣。"此诗是说女儿与男孩一样能光大门楣。我想，当初我的同学——许壮楣父母为其取的名字必含此意。

有句俗语说得好："一个篱笆三个桩，一个好汉三个帮。"这句话是说一个人要想成就一番事业，仅靠一己之力是难以实现的。尤其是在当今信息时代，更要有团队互助、协作精神，大家团结一心才能取得令人瞩目的成果。

古有刘邦用得萧何、张良、韩信，得以创建大汉帝业；《三国演义》中刘备用得孔明、关羽、张飞、赵云，得以建立蜀汉，与吴、魏形成三足鼎立之势；《西游记》中唐三藏西天取经，没有孙悟空一路上的降妖伏魔，猪八戒、沙和尚的鞍前马后，岂能取得真经，普渡众生？

我虽然是现代社会的普通百姓，没有帝王之雄心，但是为了丰富退休生活，大力宣传中华传统文化，于五年前创办了属于自己的公众号。

自从公众号创办以来，深得新朋老友助力，我深有感悟。五年间，从最初申请公众号，到采编汇集资料至今，整个过程经历了许多困难，但在大家齐心协力下都一一攻克，圆满解决。这期间，我办的公众号成功举办过多次大型活动，应该说同学许壮楣付出了很多。

记得我和同学许壮楣真正认识，是源于我突发奇想，从老同学中组织一个文化群的宴请开始。那天我刚迈进聚会的饭店，二班帅哥王学智举着手机一路快走，用手机和一个看上去很朴实的女同学对话。真没想到就是这个人，后来成了我晚年学习文化的一位"贵人"。

当时，我对她还不太了解，通过我早年的小舞伴（少年时代我在河北区文化馆参加活动的同学）获知她的身世。这一发现，才让我知道许壮楣是位了不起的人物。

在同学中，各方面她都是佼佼者。其祖父毕业于北京大学，后任《大公报》总编。父亲毕业于辅仁大学，任中学高级教师、天津文史馆馆员，退休后是河北区连续7届的政协常委，在文学界卓有成就。其母亲是中学语文教师。令我遗憾的是，我和许壮楣同学竟然是中小学同校10年的校友，但是我们彼此间没有一点印象。

我喜欢诵读，非常想创办一个属于自己的公众号，这样就可以自由地陶醉在诵读的畅快之中。当我申请完公众号后，不知什么原因就是上不了线，急得我团团转，不知所措，找了不少人咨询，也没捋出个头绪。

人的可贵之处就在于当别人遇到困难、有需求时敢于担当，许壮楣同学就是这样的人。

应我所求，她和同学王学智带着我找了几个人，都没成功，我有些沮丧。最后终于在她从上海来津探亲的女婿的帮助下，于2019年4月28日成功上线。在编辑部各位编委的共同努力下，至今有5年之多，已出刊200多期，值得一提的是，同学许壮楣是从创刊第一期至今，每期都参与的唯一一位编审。

说实话，我的爱好与同学许壮楣没什么关系。但她乐于助人的精神，和受其父母熏陶对文学的热爱，让她做了一件她认为很平常，而让我感恩不尽的事。在和她交往的这几年让我收获颇丰，首先在文学创作的路上取得很大进步，每次我写完文章后，她都替我严格把关，找文学基础较好的老师来指导我，帮我修改。这几年来我在报刊杂志上发表文章百余篇，成绩的取得大大激励了我对写作的兴趣。在她和文友们的帮助及我自身的努力下，2021年我申请加入天津市作家协会被光荣批准。几年来总结我在文学道路上的成长，与同学许壮楣无私的热心帮助是分不开的。其实她是一位非常优秀的女性，当初我写的《楣子下乡记》（点击量十几万）只是在采访路上她与别人唠嗑的点滴，她曾担任企业法人代表和书记，她的文章《我的父亲与宫白羽》完成后立刻被报纸采用。

还需值得一提的是，在她的先生患病期间，她用在中医学院就读时学到的中医知识把他从死亡线上拉了回来。还有一桩了不起的事，就是她继承了她婆母的骨科接骨技术，自制膏药和药丸无私地救助了许多饱受痛苦的病人，受益的人都对她赞不绝口。

许壮楣一边照顾患病的丈夫，还抽时间为公众号策划、排版，有时工作到深夜。2021年的春节期间，她的先生身体出现异常，因当时未能住院几乎每天都打120往返医院。她的性格比较耿直，连她亲兄弟姐妹也不告知。她的先生在她的精心呵护下，一个被医院下了"病危通知"的病人竟多活了10年之久。

友情篇

她总是把微笑留给友人，个人的事从不给别人添半点麻烦。笔者在此祝愿好人一生平安！

（发表于 2021 年第 4 期《北斗星》）

好兄弟

无需功名，无需传奇，一生能遇到津源这样的好朋友，才是我真正的福气。

这几天我身体有恙，出了一些疱疹，行动不便。老伴分身乏术，还得去照顾外孙，急得我不知如何是好。朋友津源得知后，二话不说，每天跑过来照顾我。不仅伺候我吃喝，还要用轮椅推着我去医院看病，很多人都以为我们是亲兄弟。老伴儿曾经问我："你和津源怎么认识的？"其实，我和津源老弟的相识完全是一种巧合。

多年前的一天，单位的打印机坏了，财务小邹请津源来修理。那天凑巧我没出去。津源的服务态度、工作热情和娴熟的技术，让我既欣赏又感动。第一次相识的机缘，让我们颇有相见恨晚之感。

之后的十多年，各种交流、聚会，让我们的友情越来越浓。在我心中，津源已是我生命中不可多得的兄弟。他称呼我"哥哥"，喊得我既温暖又心酸。

我们哥儿俩惺惺相惜，其实更多的原因是彼此的孝心和良善。

我认识他时，企业开始逐步退出市场。如果早认识十年，我一定给他投资，把他的复印机打印机买卖做大。但我当时已年近花甲，风风雨雨走过来满身伤痕，不想再拼搏了，只想安静下来，好好孝敬父母。那时母亲已90高龄，虽然能自理，但家务还是需要有人帮着做，更多的是陪老妈妈唠唠嗑。60多岁的人了，推开门还能叫声"妈"，这是多大的幸福啊！所以我特别珍惜。

那段时间，女儿产后返回单位上班，每天都是早出晚归。不巧女婿父亲的身体状况也出了问题，没有能力照顾孙子，所以，责无旁贷，我就把照顾外孙的重任接了过来。

那时，津源50多岁年富力强，正是奋斗的黄金年龄。他工作过的造纸厂早已破产了，为了生活不得不另谋生路，在东亚毛纺厂门前卖布。可是好景不长，他的摊位因占道经营被取缔了。

好在他还年轻，又有大专文凭，很快幸运地被一家台资企业录用了。虽然工作出色，领导认可，但台资企业"七年不续合同"的硬性规定，不得不让他这样的骨干忍痛离开。推销复印纸是津源谋求的第二份职业。

回忆起那段艰辛的日子，津源有很多感慨。他说在推销复印打印纸时，他认识的一个塘沽老板给了他一个很好的发展空间。虽然只在那里工作了两年，但他学会了修理复印机、打印机的技术。本应继续干下去，但他的老娘瘫痪在床需要人照顾，为了尽孝，他不得不忍痛割爱。得知津源要回家照顾老娘，老板很敬佩他的孝心，欣然接受了他的请求。

为了延长母亲的生命，津源在医院判定他母亲生命已到"尽头"的情况下，坚持学习药理和护理知识，自己给母亲打针吃药。在他的努力下，母亲的生命又延长了两年之久。

津源虽然和我一样，哥四个、姐俩个，但哥哥姐姐们各自都有自己的工作，不能照顾母亲，而且一个残疾哥哥常年住院也得靠津源照料，这样侍候母亲的重担自然就落在了他的肩上。

俗话说，百善孝为先。津源的善举，让我心生敬佩。但最让我感动的是，虽然我们之间没有一丝血缘关系，但他对我的母亲也是爱心满满。

那年夏天，我母亲提出想到文化街转转。津源知道后说："不能让老娘留遗憾。"于是，我俩一起顶着烈日骄阳，用轮椅推着母亲去娘娘庙（天后宫），因为这是母亲的心愿。在那里我们静默地走遍了每个殿堂，那种虔诚，让庙里的师父颇受感动，一直把我们送到庙外。更可贵的是，我父亲刚去世不久，母亲非要到墓地去看看。说也奇怪，正好头天晚上我做了个梦，梦见父亲不让我去打扰他。得知这个情况，津源老弟说："我来！"于是他默默地陪着母亲给父亲上坟，帮我及时处理了这件棘手的事情。

这么多年，津源为我付出太多太多了。2016年我岳父遭遇车祸，津源悄悄告诉护工说："有事先找我！"就这句话起了关键作用。2017年除夕，护工发现岳父不对劲儿，就打电话招呼津源老弟，他二话不说，急匆匆赶过去，一夜未合眼。直到第二天早上，才打电话告诉我。他开车接我到岳父岳母家，当我听到护工的叙述，眼泪止不住地流下来。彻夜未眠的津源老弟，几个小时后又托着一盖帘饺子送到我家……

夜深人静，疱疹折磨得我睡不着觉，一桩桩往事不住地涌上脑际。当我敲击键盘，用文字记录这段真挚的情谊时，内心的愉悦和幸福，也冲淡了身体的痛感。

友情篇

感谢你，好兄弟！

（发表于 2022 年第 6 期《西部散文选刊》,2022 年 6 月 15 日大家文学网）

你还愿意做我的学生吗

　　不知道做了多少次梦，梦里那清脆的上课铃声，那美丽纤柔的身影，那双大大的眼睛似夜里最明亮的星星，梦里的我坐在课椅上，静静地看着她。梦里，那秀丽的女性是我的恩师洪秀玲。

　　如今，我已经是年过六旬的人了，而我的小学老师洪秀玲也已 80 岁有余。按理说，我的梦里不会有这样的情景，童年的记忆，在如今忙碌的中年人心里似乎没有那么重要了。我们每天奔波，有谁能把童年的恩师带入梦境呢？后来，我渐渐地想明白了，每个人内心都是需要温暖的，在最孤独的时候，帮助过你的人，即便你自己因为忙碌，忘记了问候和拜访，梦中的你，还会为你的良心打卡，在梦里，你见到了你最珍惜的情谊。

　　20 世纪 60 年代，物质不丰富，当时年少的我处于人生低谷，家里的困境让还是孩童的我有些孤僻。洪老师每天在教职员工食堂打好饭都会让我先吃，我是班里唯一享受这种待遇的学生。老师望着我狼吞虎咽的眼神，让我感到十分亲切，好像妈妈在自己身边。

　　童年能遇上妈妈一样的老师，是我的幸运。老师成为我童年里的一抹粉色，粉色的童年是每个孩子都希望的。洪老师饭盒里那香喷喷的饭菜几乎是我整个童年的亮点，我的学习成绩也因那饭菜的香气而变化，我从一个学习一般的学生变成了一个学习成绩优良的学生，因为我觉得自己不能辜负洪老师对我的关爱，所以我要更加努力。

我的人生还算顺利，上学、工作、升职，每一步似乎都是童年里那团饭菜香气给我的力量。小学毕业后，我和洪老师失去了联系，中学时代过得紧张，青春期也有过多次的彷徨，可每一次都是洪老师饭盒里那香喷喷的饭菜和她那关爱的眼神让我安静下来，记得洪老师在课堂上对我们说："不要疏忽自己人生的每一步，每一个关口都要认真对待，不要浮躁，要安静下来面对问题、解决问题。"

毕业后，我工作繁忙，每每遇到挫折时，我依然会想起洪老师的这句话——安静下来，面对问题、解决问题。岁月更迭，我和洪老师始终没有机会重逢，然而，我却觉得自己一直在和洪老师交流，心有灵犀，那或许是一种跨越时空的对话方式吧。

退休后，我有了时间，几经周折，我终于在众多老同学的帮助下找到了洪老师家的电话，我急不可待地拨通了电话，电话那头传来了亲切的熟悉的不紧不慢的声音，和记忆中毫无二致，我激动得不知说什么好，只是一个劲儿地问："洪老师，您身体好吗？我想请您喝杯茶。"

约定的日子到了，我提着精心挑选的香茗赶往老师家，老远就看到她老人家站在楼门前张望着。时隔半个世纪，那位优美的年轻女士的身影，变成了古诗一般韵味悠长的老太太模样，而我也不再是孩童了，成为一个年逾花甲之人。我三步并作两步跑上前，给老师深深鞠了一躬，拉着老师的手，望着那浸满泪花的双眼，我哽咽着说："老师，我都退休了，以后，我可以常来，如果去医院看病拿药，我陪您去。"洪老师笑着说：

"傻孩子，我没病，基本不喝药。不过，我可以教你太极，你还愿意做我的学生吗？"我流着眼泪说："愿意，愿意！"60多岁的我，仿佛又回到了童年。

每个人的一生，都会遇到知己、朋友抑或是恩师、贵人，像是我们人生中一盏闪亮的路灯，在我们迷茫与困惑的时候，他们的相助和提携，是我们一生中最珍贵的记忆和藏品，是我们可以经常在新朋友或某些偶遇的聚会话题中，拿来炫耀的。世间人稠知音稀。知己、朋友、恩师、贵人，是上天恩赐给我们的最珍贵的礼物。

（发表于 2020 年 12 月 3 日《天津工人报》第 4 版）

贺　军

　　贺军是一位非常优秀的中年人，一点七五米的个子，大眼睛，白净的皮肤。他的婚照比很多电影明星还俊俏。我与贺军的相识，还得从他父亲那谈起。

　　1987年，我负责天重厂煤炭采购业务，我认真攻关每一个环节。大同矿务局里我攻关的第一人选即贺军的父亲。

　　贺军的父亲名唤贺登华，是大同矿务局十三矿发运员，每天负责与云岗西站铁路部门联系报请发运单位。一来二去我与贺军的父亲成了无话不谈的哥儿们，配合非常默契。1996年贺军中专毕业，国家已经不包分配。一天闲谈，贺军父亲托我，把贺军带到天津找个工作。那时我已经兼任大同矿务局林兴实业公司天津办事处经理，就这样贺军来到了天津。

　　我有时回想起来：如果贺军不跟着我，说不定他混得比现在还好，可是事情往往不是如果，历史不能假设。

　　那时大同矿务局林兴实业公司在南仓储运材料场租了场地，扩大经营煤炭业务。贺军是所有员工中文化水平最高的，我就派他每天到各单位去送发票拿支票。我问贺军是否会骑自行车？他说："会。"其实他根本就不会骑车。但他任性、好强，凭着不服输的劲头，很快从不会骑自行车练到骑起来像飞的一般。

　　当时跟着我的还有三个外地年轻人，我为他们三个人分别规定了经营门类范围，有煤炭、食品、装饰材料，但当他们运作时，我才清醒过来：我太天真了！他们三人都没有经商的经验，也没有经商的天赋。我不得不先撤掉副食调料经营部，后来西青道装饰商店随着运输六场处所的拆迁，也不得不关门闭店。贺军跟着我从销售酒水转向经营副食调料，向新的领域挑战。贺军不论在批发还是在超市销售都得到相关单位的认可。他结婚后有一个老板竟找我提亲。我说："你早干什么去了？"这件事也成了笑谈。

我把贺军视为自己亲侄子一般，虽然他跟我学了一些经商的经验，但也让他浪费了青春。贺军离开我时还是两手空空。想起来我就感到非常愧疚，我辜负了他对我的期望。

但有一件事让我感到十分欣慰。贺军跟着我时，他爸爸给他介绍了对象，就是他现在的妻子大同阳高老乡小邓。那时小邓刚刚大专毕业，面临分配找工作。我们公司当时经营得很不景气，我特别想找到一条出路，就把贺军派到武清区开发市场。小邓和贺军一见钟情后，就确立了恋爱关系。

一天，贺军对我说："王叔，我们准备结婚。"我一听高兴地说："好事呀！"

那时公司租用天津市第二塑料厂公寓做办公用房搞经营，一切都在情理之中，由我筹备策划婚礼事宜。上午吃捞面迎亲搞得红红火火，每当想起来心里美滋滋的。这是我唯一一次为朋友之子操办婚礼。

时光荏苒，一晃二十多年过去了，但那场简单的婚礼却铭刻在我的记忆里，每每想起都会有成就感。看到贺军拥有了幸福的伴侣，我心里踏实了一半。

　　如今，贺军在天津有了自己的家，儿子都大学毕业了。贺军成了顶天立地的男子汉，他过得很幸福是我最大的欣慰，祝福他！

（发表于 2022 年 10 月 12 日《中华风》）

林大爷

在"滑富强老师文学生涯六十年"活动聚会上，我与林大爷相识。因为我是滑老的学生，滑老又是"五子天地"的顾问，所以我们"五子天地"编辑部两个书画团队的顾问爱新觉罗·毓峋先生团队、三源书画院郁三阳先生团队部分人员到场助兴。

从礼宾、主持、摄像、摄影到布置会场、接待，基本上是"五子天地"部分编辑各负其责，没出一点儿差错，圆满地完成了任务，得到了大家的一致好评。

就在当天的会场上，我见到了一位头发花白、个子与我相当，一看就是一位精明帅气的"老头儿"，滑老师把他介绍给我："这是区委宣传部原资深摄影家林逢水先生。"滑老师称呼他"林大爷"，听到这非同一般的称谓，我想这里面肯定有故事。

在这之后两年的交往中，我和"林大爷"都感到相见恨晚。当提及滑老文学60年活动时，林大爷还说："第一次看到你们这么大的'架势'，我以为你们一定是个大的'传媒'团队，后来才知道你们是一个自娱自乐的文化工作室，真让我刮目相看，了不起！"

其实，真正了不起的是林兄，他服侍伤残妻子20余载，就这一点让我佩服得五体投地。而且他还写"博文"上千篇，看客20多万。他总结摄影技巧采用"三字经"的方式，堪称经典。10月的一天，市作协领导到北辰区中河头开展活动，他摄影的专业技术让市作协领导非常看重，当场邀请他到市里去拍摄。自从认识林兄，我突然发现找到"真佛"了，林大爷从事新闻报道几十年，从背"大匣子"开始，到今天连续出书三本，涉猎散文、诗歌、报告文学（含照片），一位70多岁的老人能达到这样水平和境地，真让人既羡慕又"嫉妒"。

在北辰区，乃至天津市，在宣传报道界一提"林大爷"，无人不知、无人不晓。林大爷曾和我调侃："看到你我终于有了自信，我比你长得'俊'。"以"林大爷"的气质、才华，参军就当了文书，文书可是各方面都有能力的人；退休前任区委宣传部新闻科科长，退休后享受副处级待遇。说到这儿，我为自己骄傲，老了没想到遇上这么有才的人，读我此文的读者，你说这不是天意吗？让我们"林大爷"越来越俊！让我们一起相惜相伴，共度余生。

（写于 2022 年 11 月 29 日地纬路工作室）

追思好友姚先生

我和姚老师相识有几年了。

有一次我们同学聚会，一位老同学把他介绍给我，他和我的老同学是多年的同事，专门负责单位视频录制和制作文件、课件。我们请姚老师为我们同学聚会留下一些影像记录，姚老师精湛的策划和制作能力让我佩服，我和姚老师的交往也逐步加深。这不，"五子天地"文化传媒工作室成立初期，我请他加盟，他爽快地答应了。我们在一块已经两年了，最后一次在一起是 2020 年"五子天地"公众号微刊研讨会上，他忙碌的身影一直刻印在我心里。

听我的发小介绍，他的老伴儿身体不好，每次听他说得最多的是，他老伴儿需要他照顾。他有一个孙子，孙子很出色值得骄傲是他微信朋友圈的主要内容。如今老姚走了，他老伴儿谁来照顾？

说到这里，我想起好友回师傅，他也是倒在接送孩子的路上。

姚老师，下辈子我们还在一起搞"文化传媒"，你还为我们做"小片"。你的离去使我们失去了一位难得的好摄影师。"五子天地"文化传媒工作室全体编制人员将永远怀念你！

姚先生，安息吧！

我与德禄老师

　　10 年前，我与德禄老师在《今晚报》舞台结识，那时的我还不知道德禄老师是位"大人物"。

　　在 2013 年"评报十年"庆祝活动筹备过程中，舞台上《今晚报》读者俱乐部根据周梅老师的安排，我们两位男嘉宾和两位女士集体朗诵一首长诗。原计划德禄老师报的节目是演唱天津快板，原来和我配搭的男士高我半头，舞台表演效果不协调。周梅老师随即拍板，决定换上德禄老师，但又怕德禄老师讲天津话在朗诵中"出彩"，要求德禄老师一定把握住了。德禄老师拍着胸脯说："领导您放心吧，保证完成任务。"我们四个人共同努力，有男声独诵，女声独诵，有整齐的合诵，注意抑扬顿挫、声情并茂、激情满怀，当表演结束时，演出大厅内雷鸣般的掌声响起。

　　10 年过去了，我在离开评报队伍的最后一年，调到和德禄老师在一个评报小组，对德禄老师稍稍了解了一点点。德禄老师好像是某个文学社秘书长，经常参加研讨活动。评报小组组长为了让我和德禄老师加深印象，特意约了他和我见面，但我那时的压力太大了，双方父母需要照顾，我岳父因交通事故住在医院里，我天天奔波劳碌在法院、医院、岳母家路上，无法赴约。

　　现在，每当我看到《中老年时报》上德禄老师的文章时，都感到无比亲切。德禄老师才华出众，是我学习的榜样。

阿　旺

阿旺回昌都了，我让他多发些照片给我。看了阿旺发来的照片，我对藏族同胞的生活有了一些简单的了解。

阿旺是一位三甲医院的影像室技术人员，我和阿旺认识纯属天意。

2022年我因患疱疹住进了医院，病房主治大夫给我安排了CT检查。那天我由朋友推着到CT室做检查（因为我腿疼得走不了路），阿旺就是给我做CT检查的技师。我在做CT等医师时，看到阿旺正值20多岁的年华，打心眼里就喜欢上了这个年轻人。做完CT，阿旺一句"您慢点儿"感动了我。我问他："小伙子，什么地方人？"阿旺回答我："西藏人。"我一听是藏族同胞，立刻兴奋起来，说："我们加个微信吧。"阿旺爽快地拿出手机扫了我的微信二维码，就这样我与阿旺相识了。说句心里话，我喜欢交往，更喜欢与年轻人结交，因为年轻人充满朝气，让我羡慕不已。

这天，阿旺应约来到我家，他给我带来了一件珍贵的哈达，我围上哈达还拍了一张照片。说实话，没和阿旺聊天时，我真不知道医院技术科室人员不属于医务人员。阿旺毕业于宁夏某学院，他是学影像学的，天津市与西藏昌都，是支援西部发展的对口援建城市，所以阿旺毕业后就享受这项政策来到天津。

阿旺的实诚厚道，在我们的粉丝团拜会上得到了大家的一致好评。大家都说我结交了一位非常好的年轻人。我觉得这是上天在我古稀之年给我赏赐的"礼物"。一个七十岁老叟能和二十多岁的年轻人交朋友，属于忘年之交，没遇到阿旺我想都不敢想。阿旺不吃荤，餐桌上阿旺忙了半天，就等服务员那碗白水煮面，等得我心里不是滋味。阿旺要过生日了，来找我要一幅字给朋友展示，我满足了他的要求。阿旺明天就要坐飞机回家了，我送他一把扇子，阿旺喜欢得不得了，他说他打算将这把扇子送给他们当地医保局领导，因为这位领导到天津考察西藏人在天津的工作生活情况，回去后报请领导，阿旺被评为先进个人。阿旺说，其实他特别想回昌都，但想到两个民族地区需要交往交流，他只好踏下心来在三甲医院好好干。

这天晚上，我和阿旺谈了很多，谈了他对加入党组织的看法，谈了他的婚姻大事。阿旺纯净得让我回想起50年前的我，人老了就要多和年轻人交朋友，这样心态才永远不老。我感谢阿旺，他对我古稀之年的生活注入了青春的活力。我不知道我是不是也在做民族融合的事，不管是不是，我喜欢和阿旺交往。

广玲姐与小弟的对话

昨天，小弟开车带着我和兄长给父母扫墓，我（广玲）坐在车上和小弟聊了他退休后的生活。他退休之后到处参加义工服务，又创办"五子天地"公众号，还在鸿顺里街道宝兴里居委会党委任党委委员。

我问他："累不？"他答："累。"我说："你不缺吃穿，为什么名、利？"他说："快七十岁的人了，名和利已经无任何意义了。"

我问："那为啥？"他说："我想通过几年的努力，把为老年人的服务网建起来，让老年人少一些后顾之忧，让每一个楼栋，都有一个志愿者和网格员一起把服务独居老人的事做好做实，让他们不再感到孤独无助。"

小弟把需要帮助的人放在一个群里，分给各个志愿者。同时动员社区周边商户和小区里具有各种技能的人上门为需要帮助的人服务。小弟联系了菜农，直接将新鲜蔬菜送到社区，然后让各楼栋志愿者给需要帮助的人送到家。引进家政服务进社区，帮助需要的人和家政公司沟通交涉。他说："我们社区队伍建立起来了，老有所依、老有所靠才不是一句空话。周边商户听说为孤寡老人服务做志愿者可热心了，这个志愿者服务队已有米面粮油送货志愿者、蔬菜水果送货志愿者、理发上门志愿者、修脚服务志愿者、修配眼镜志愿者、空调服务志愿者、橱柜制作上门服务志愿者……我们还在联系更多服务志愿者，如陪聊、取药等。"

听着小弟侃侃而谈的高兴劲，我仿佛看到了他所在的社区老人幸福的微笑和伸出的大拇指，我醉了。听他一路的交谈，我感到小弟太累了，嘱咐他注意身体。小弟说："我只想到我老了还有人再干下去，那些团队的人也会想起我。"

我回来的路上仍在想，这就是小弟！以前他经商的时候许多人就喊他"王善人"。今天他依旧如此，多做善事好事。这就是小弟的风格，只管前行，不问结局。

保姆王姐

　　王姐到我家当保姆 10 多年了。前不久，王姐的老伴儿不慎摔伤，需要她照顾，她只好回家照顾老伴了。时间过得真快！一晃王姐已经好几个月没来我家了，我和老伴非常不习惯我们家没有她的日子。王姐特别能干，我岳父、岳母的身后事都是她帮忙操办的，伺候得很体面，穿戴得很整齐，寿终正寝。

　　10 年前，我到岳父岳母家看望老人，是王姐开的门，这是我们第一次见面。她问我："你找谁？"我说："您是新来的王姐吧？"岳母接过话头说："这是我女婿。"闹得王姐不好意思，赶忙说："对不起！是姐夫啊，快进来，快进来！"王姐身强体壮，一米七几的个头，可能干了。她照顾我岳母 5 年，一个人推着我岳母到医院看病住院，尽心尽力地照顾老人，想办法让老人高兴。为了让岳母开心，她推着我岳母到商场去乘凉，以排解她 80 高龄的寂寞。由于经常去，王姐与店铺的主人们都熟悉了。多个商户都不约而同地对岳母说："奶奶你真有福，摊上这么一个好闺女。"幸福自豪感洋溢在岳母的脸上，让旁人羡慕不已。我岳母健在时，王姐推着她到处逛街，来来往往的人群，看得岳母眼花缭乱。岳母耳朵背，王姐贴在她耳边耐心细致、不厌其烦地回答岳母的每一句提问。我老伴不会针线活，家里的女红活都由王姐去做，每天把岳母家都收拾得干净利索。每逢年节，王姐都主动包揽家里的卫生，不让再找家政，她说："这点活儿我捎带脚就干了。"

三年前，岳父、岳母相继去世后，王姐对我说，家政公司让她到别的家去服务。我说："你哪儿也别去，就在我家待下去，老了我们一起生活。"

天有不测风云，人有旦夕祸福。王姐的老伴儿洗澡时不慎摔伤了，伤势还挺严重。我驾车去看王姐的老伴儿，她家住在大寺的公租房，从大寺到我家往返需要3个小时，如果不是她老伴儿受伤，我还真不知道她每天要往返这么远的路程，那一刻我心里有种说不出的滋味。虽然王姐做家政，其实她啥也不缺，可以说是衣食无忧。她女儿在美国，每月都给她寄500美元。王姐说："我干惯了，姥爷和姥姥对我又这么好，我对这个家也有感情了，这里就是我的家。"这句话让我感动不已。我把家里钥匙也交给了王姐，她就是我们家的好管家。

那天，我打算找一些碎布另有其用，当我翻找布片时，拿起王姐整理的碎布袋子，又想起王姐在我家的点点滴滴，心里涌现无限的感激之情。虽然我们是雇佣关系，但是王姐把我家当成她自己的家，事事处处为这个家着想，使我们省了不少精力和财务支出，这个家缺少了王姐，似乎也缺少了些许温暖。想到这儿，我们一家人祝愿王姐的丈夫早日康复！

我由衷地希望，放在窗台上的钥匙能早日交到王姐手里，往日整洁干净的居家才更加温馨。

（发表于2022年8月15日《知美文化》）

走近虎子

虎子通知我到松风东里居委会听街道办事处党工委书记辅导讲党课。一进会议室，我愣住了，会议室配备了机关或学校才拥有的桌椅，一面墙上挂满居民赠送的锦旗。

从上次参加松风东里慰问演出到今天也就几个月的时间，这一切变化让我刮目相看。虎子任书记两年来，社区工作取得了很大进步，面貌也发生了很大变化。

我四年前来到这里，任艺术团指导老师，那时虎子是副书记，一见面我就喜欢这位年轻人。他作风质朴、工作认真，不多说话但心里有数。他和区委组织部下沉干部俩人亲如兄弟般的默契让我"嫉妒"。时间不长，下沉干部走了，虎子接过一把手书记的工作。他很少讲话，但对我非常谦恭，认真地与我交谈社区每一步的工作和下一步的发展。当会议过程中他把我介绍给与会来宾时，着实让我激动了一把："王老师是我们社区的天津市作家协会会员，居民自治理事长，我们志愿者团队总负责人。"搞得我不知如何是好。所有参会者都是社区共建单位的负责人，从幼儿园园长到养老院院长，从房管站站长到中国移动社区经理及红十字公益组织负责人等。这种发挥驻社区单位优势的做法，不能不说是虎子在2022社区"创文创卫"活动中，闯出了一条坚实可行的路。

说到下一步社区为老百姓"办实事"，虎子说："我就期盼23区所有楼道的灯全都亮起来。"没有豪言壮语，只是朴素的语言，虎子说出了居民们期盼的"心愿和目标"。我在想，社区书记如果都像虎子一样，那居民送的绝不仅仅是一面墙两面墙上的锦旗。居民们还会把虎子挂在嘴边，说出"我们虎子书记这小子了不得"的称赞。

向军人致敬

我在社区居委会当了两届党支部书记，在 2022 年八一建军节前夕我萌生了写写这些"最可爱的人"的想法。虽然已夜深人静了，但我睡意全无，要把他们的故事用文字描述出来说给大伙儿听，也表示一下自己对这些退役军人的敬意。

老郑长安街上"推汽车"

第二支部委员叶大姐的老伴郑师傅是复员军人，他有一副天生的好嗓子。只要有活动他绝对一马当先、大展歌喉，为大家献唱拿手的歌曲，他那优美的歌声常让我听得如痴如醉，沉醉在美的享受中。

那天，郑师傅说起自己的故事。

30 年前郑师傅在自来水公司开车，一天，他驾驶汽车到北京相关部门办事，途经天安门广场时心潮澎湃，热血沸腾。每一个中国人都有第一次看到天安门广场的激动和兴奋，因为所有中国人心中向往的地方就在眼前，郑师傅也不例外，两眼不够用的，交通信号灯绿灯变为红灯了，郑师傅走神了还往前开，还是一同乘车的同事提醒他变灯了。郑师傅踩住刹车看着站在交通岗的警察向他走来，他迅速开门跳下车，连招呼也没跟车里人打，然后用力把越线的汽车往停车线上推，仗着越线距离很短，并一边向警察敬礼。警察也笑了，交通指示灯变绿了，警察招呼："天津司机师傅上车继续向前行驶吧。"听完郑师傅讲这段经历,笑得我前仰后合,心里话说,郑师傅真逗!

抗美援朝老兵李大爷

我当了第二支部书记后,得知退伍军人李大爷是抗美援朝的老兵,顿时自己心中的敬佩之意油然而生。当我知道他不知何故没交党费时,就来到李大爷家进行家访。李大爷说,他到居委会去交党费,收党费的居委会工作人员告诉他没有他的名字。李大爷已经入党近50年了,但没有他的名字让他十分不解。听到这里,我安慰他:"李大爷别着急,我负责给您协调。"于是我到居委会了解情况后才知道,因为党员组织关系从企业转到社区有个过程,再加上这几年居委会人员常变动,听到这里我清楚了到居委会交党费没有李大爷名字的原因。等手续办妥我从居委会取来支部党员花名册,呈给李大爷。当李大爷看到支部党员花名册有他的名字时,说:"王书记你这么认真负责,真让我感动。"从此以后,每次组织学习,李大爷都第一个来到会议室坐在第一排。他说:"我耳朵聋了,坐第一排可以看清讲话人的口型,知道人家说些什么。"就在李大爷生命的最后一刻,他还让老伴儿打电话招呼我交纳党费。虽然李大爷现已离开了我们,但一位老战士忠于党的军人本色不减,更加激励我为党工作的干劲。

年轻退役军人是社区宝贵"财富"

这届社区党委班子改选,我非常荣幸地当选为党委委员。党委安排我配合网格员抓楼栋长队伍建设,我就把挖掘年轻人担任楼栋长作为一个新课题高度重视。在查找中发现五支部王常伟就是其中一个，他40多岁，原来是当兵的，那一刻我高兴得不得了。我陪王常伟和他们的支部书记逐楼栋家访寻找楼栋长，这次疫情社区搞检测，他活脱脱像个指挥员，安排得井井有条，居民齐声夸奖，真不愧为军人出身。常伟退了役，军队作风不变，他为社区居民服务这么热心，让我不知道说什么好。

我最后说的是八支部一位刚退役的30多岁复员军人一飞。当我们初次见面时我兴奋不已，社区志愿者楼栋长这么年轻，定能给社区工作带来活力，楼栋长年轻化也是一个好兆头。在完成居委会各项工作中，他不辞辛苦地楼上楼下不知跑了几个来回，才把整个楼居民组织成一个楼门居民微信群，方便大家互相帮助、互相交流，他所在的楼门出现了邻里亲如一家的新气象。

说到这四位退役军人，每个故事都让居民佩服，部队培养的人到了地方，军人本色不退不减，我与他们一起工作感到一种骄傲。八一建军节快到了，谨以此文表达敬意！

（发表于 2023 年 4 月 19 日《中国乡村》）

高教授"购书"记

　　我认识高教授是在一次诗社的活动上，高教授文质彬彬的样子吸引了我，于是我们有了交集。在一次拜访高教授时，他给我讲了他爱书如命的往事。

　　故事还得从 20 世纪 70 年代说起。那时，高教授到农村学校去支援教育，闲暇时间非常喜欢打篮球，炎热的夏天打起篮球来，大汗淋漓，不得不脱去长裤。高夫人看到高教授穿着漂白短裤在场上打篮球，心里很不是滋味。一天，高夫人从口袋里掏出一点钱递给高教授，让他去买两条运动短裤。那时大家的工资收入都很低，能买两条运动短裤已经是奢望了。

　　高教授来到滨江道商业街上，走着转着就不由自主地走进了新华书店。看着书架上琳琅满目的图书很是喜欢，最后选了一本《中国文学简史》的书带回了家。当高教授举着书回到家，兴高采烈地对高夫人说："我太喜欢书了。"似乎忘记了他此次出行是为买运动短裤。高夫人望着高教授孩子似的神情，心中五味杂陈，自言自语地说道："我再也没有钱给你买短裤了。"

　　"太喜欢书了"，这是高教授的肺腑之言，这句话彰显了一位追求知识的教育工作者的向往和心愿。但在那个年代，平均每人每月八元钱的生活标准，买书钱就相当于一个人几天的伙食消费呀。

　　20 多年后，高教授花了 1 万多元买了一套丛书，当高教授敲开家门的那一刻，夫人看到他端着一个小巧玲珑的书柜。眉开眼笑地说："喜欢书你就买，我们有钱了！"高夫人的"喜欢书你就买"与高教授的"我太喜欢书了"相隔约30年的时间，道出了改革开放以后我们国家发生了翻天覆地的变化，给每个家庭的生活质量带来了相当大的提高。现如今，高教授每天坚持写一首词，已经创作了3000多首，挥手写的书法作品也有整整一书柜了。更可贵的是有求必应，毫不吝啬。那年我在社区组织居民庆祝国庆的活动，邀请高教授助兴。高教授为所有到场的居民求字者每人写一幅，体现了一位教育工作者传播艺术的心愿。

高教授是南开区书画院常务院长，已到了耄耋之年，但他为居民书写条幅那么的诚挚热情感动了在场的所有人。当我要给高教授付费时，他却说："我能为大家服务，敬献书法作品，这是我的自豪和骄傲，传承中华文化，我也有一份责任在肩上。"

现在，高教授已被批准成为天津市作家协会会员。用手中的笔，创作出更多讴歌我们伟大时代的诗词，就是他最大的追求和向往。

如今，高教授的夫人走了，高教授抚摸着那刻在记忆里的"书柜"，感慨万千。他情深意长地向我讲述了那段书柜经历的故事，使人久久不能忘怀。望着这位耄耋老人，我心中不禁升起一股敬重和钦佩之情。我为他追求知识的经历竖起大拇指，眼睛不禁湿润了。

两本书的故事

这天，我接到老同学电话，她要整理她父亲遗留的书籍，邀我去她家看看，可以选几本她爷爷和她父亲写的书。她父母家离我家仅隔着三条马路，我马上下楼，骑上自行车就奔向了同学家。

当推开她家房门，迎面映入我眼帘的是整齐的四个大书柜，这是一个书香之家。顾不得寒暄，我径直走到书柜前，真是琳琅满目啊！四书五经、名人名著，经典的、通俗的，应有尽有，叫我目不暇接！我心生羡慕和遗憾：同学的父亲是个文化人，拥有这么多的书，她多幸运啊！可我要是和同学早联系10年，说不定我就有机会见到她父亲，读上她父亲的这些藏书。哪怕一周读一本，这累积到现在恐怕也读上几百本了。

我边看边帮着整理。当整理到《天津市文史研究馆编著馆员著述系列之五》时，在她父亲出版的《沽上谈薮》一摞书中，我发现有几本书的扉页上已签好名字，我估计这是准备赠送友人的吧！也许由于一些原因未能如愿送出。

"这签名的幸运人会是谁呢？"略一沉思，忽一个名字跳进我的眼帘——伊文领？没错，是伊社长，我早闻其名却未曾谋面的伊社长，伊文领是红烛诗社的社长，市教委高级顾问。我从2017年加入桃花堤诗社后，经常听到晓华社长提起她。有时晓华社长还把她们在一起活动的照片发给我。一个偶然的机会，我还添加了伊社长的微信，可是因特殊情况，我与伊社长竟未得空见面。说起来也有趣，前几天市作协组织活动，我以北辰作协会员的身份参加了会，伊社长也参加了活动，而且就坐在离我不远的座位上，可因为没有人引荐，我们两人擦肩而过，未能交流，事后我特别遗憾。

"你认识她？"老同学的话把我从沉思中惊醒。我捧着同学父亲签好名欲送给伊社长的书，拨通了伊社长的电话，告诉她这个消息。伊社长听后高兴地说："太好了！我20年前采访过许杏林老先生，真没想到他老人家一直挂念着我，还送我他发表的书籍。前些年我采访著名教育家叶嘉莹先生时，叶先生还谈到和许先生是大学同学，并委托我把一张和许先生合影留念的照片转交给许先生家属。这回我终于可以把照片转给他的女儿了……"

放下电话，我又继续整理老同学父亲生前的书籍，突然一本伊文领老师23年前出版的《梦之痕》又出现在我面前，翻开扉页，一行"敬请许先生指教"的秀丽字迹，展现在眼前。落款"伊文领"，时间2000年11月2日。虽然我同学的父亲许杏林先生已仙逝，但是通过书籍传递的真情不会因为时间的流逝而减退，以书籍传递的友情将永驻人间。

岁月留下人与人之间最好的故事。虽然老同学的父亲已经去世十年了，但两个文友的情谊却永远留在时光隧道里，还有什么比这更珍贵的呢？他们的友情真让我羡慕不已。我恳求老同学把她父亲收藏的伊文领老师20年前的书籍送给我，因为这不是一本普通的书籍，它是两个文化人真情实感的记录，我会汲取其营养，作为文学道路上努力的动力。

友情篇

后来我把这个请求也告诉了伊社长，伊社长高兴地说："没有你的牵线搭桥，无私奉献，我也不知道迟来的许杏林先生留墨的签名书籍，我的书你喜欢就好。"

那一刻我和伊社长的距离一下子拉近了。

两位老师互赠书的故事激励和感染了我，我拾起笔把它记录下来，告诉和我一样喜欢文学的朋友，这才是文人之间的真挚友谊，同时也告诫自己：在文学追梦的路上，一定做一个像许先生和伊社长这样的人，用两本书的故事鞭策自己，写出让自己满意的作品来，不愧于了解了两位老师相识一场的故事。努力吧，我一定会成功的。

（发表于 2023 年 8 月 29 日《中国乡村》）

一条纱巾

　　前几天，二斗的嫂子和姐姐发生了一次争吵，闹了一出小别扭。二斗妈健在时，二斗为了让母亲高兴，开着车子带着母亲吃遍了天津所有的五星级酒店，什么利顺德、水晶宫、喜来登，除了凯悦饭店（当时只接待外宾），二斗陪母亲都去过了。可二斗妈总跟街坊四邻说："我们二斗心眼好，看李姨（保姆）尽心尽力照顾我，总请她到大饭店吃饭，我是陪客。"搞得二斗哭笑不得。他心里说："妈呀，我这是想让您在有生之年多享受享受呀！"

　　二斗和母亲约定好，除了吃以外，接下来就是游玩，逛一逛天津的大小公园。可母亲却没有等到水上公园菊花展开展就辞别人间了。

　　在母亲的遗体告别仪式上，二斗瞻仰母亲遗容，送母亲最后一程。走出告别大厅，二斗跺着脚呜呜大哭："妈呀，我对不起您！"二斗知道母亲已经听不到了，他把装在心里的这份遗憾和自责，整整装到母亲100岁诞辰纪念日和去世七周年的祭日里。

　　记得那年母亲已经93岁了，二斗经常到母亲身边陪伴母亲，想方设法让母亲高兴。他想，母亲能长寿就是自己的福分，有母亲在，他心里就有说不出来的安稳感。每次看到母亲，一种神圣的使命感便在二斗心中油然而生。

　　夏天来了，母亲已经没胃口吃东西了，二斗很着急，想方设法给母亲买很多她以前喜欢吃的东西。二斗觉得让母亲享受最好的生活，是自己做儿子的责任。虽然二斗在家里男儿中排行最小，上面有三个哥哥和一个姐姐，下面还有一个妹妹，但是他总是对母亲说："您需要用钱找我要，想买什么告诉我。"

这一天，二斗和保姆李姨推着母亲来到王顶堤商业街闲逛，二斗一眼就看中了一条纱巾，于是他让母亲戴上试试。当母亲围上纱巾的那一刻，他顿时看到母亲有一副别致的神韵，一股文雅的气质。二斗脱口而出："老太太，您太漂亮了！"母亲笑了，满脸挂着幸福地说："还是我老儿子有眼光。"其实这条纱巾才一二十元钱，母亲却特别高兴，每次出门母亲总是戴这条纱巾。这条轻小小的纱巾，成为母亲的最爱，伴随着她走完了人生的最后岁月。

在整理母亲的遗物时，二斗的嫂子和姐姐也都想要母亲这条纱巾留个念想。大嫂翻箱倒柜都没找到，就嗔怪姐姐拿走了，其实到底谁"先下手"拿走了，二斗也不清楚。但二斗心想，谁围上这条纱巾都围不出母亲那种独有的气质和风度来。

这姑嫂俩碰到一块，你说她拿走了，她说你藏掖起来了，把二斗的脑袋都搞大了。于是，二斗嚷道："你们别吵吵了，哪天我送你们每人一条更好的！"嫂子说："要说纱巾，我有一堆，可这条是妈最爱的物件，我想留个念想。"姐姐说："哪个女人没有几条纱巾呢，我就是爱看妈围着这条纱巾的样子。"说着又流出了泪水。

这时候，二斗的侄女手捧着一朵用纱巾做的花走了进来。她喊道："都别吵了，纱巾是我拿去做了这朵花，我想把它挂在奶奶的遗像前，让奶奶天天看到她最喜欢的东西。"这时，几个人都频频点头，一起把这朵"纱巾花"挂在母亲的遗像前。

（发表于 2022 年 12 月 13 日《中国乡村》《中乡美视角》）

楣子下乡记

　　1969 年，不满 16 岁的楣子初中毕业了，留城的指标没有了。听说某兵团招人扩员开始报名，楣子特别想穿上军装，就积极地报了名。但是，因为家庭出身政审不合格，她落选了。紧接着学校又安排剩余的同学去山西插队，大家纷纷报名，她也报了名。最后去向的改变，是从她母亲关门那一刻开始。

　　回到家，母亲听她说明情况后，掩上房门，拉上窗帘，顿时泪如雨下："你爸爸和你奶奶都遣送回了老家，你再去山西，别叫我这个当妈的再分两股肠子了，行吗？"从小出生在教育世家，受呵护长大的楣子，没见过母亲流过泪。就这样，孝顺的她毅然决然地到学校开了封介绍信，回老家办理了"三级证明"，到原籍插队落户，她的知青生涯也从那一刻开始了。

　　没有享受敲锣打鼓贴"喜报"，也没有欢送的人群，楣子蔫蔫地坐上长途汽车来到了安国县，就在下车的那一刻她惊呆了：爸爸戴着白粗布的袖箍，上面用毛笔写着一些不实的名称。那么工整熟悉的笔体，泪水模糊了楣子的双眼，顺着脸颊止不住地往下流，她知道这就是她今后要面对的归宿。可她的父亲却丝毫没有什么表情，一切都那么自然，没有点滴不快。爷俩儿回到村里，奶奶站在高坡上也戴着个写着黑字的白粗布袖箍迎接孙女的到来。

　　走进 10 多平方米的土坯房，楣子进了屋环视了一下四周，一间屋子半间炕，就这半间炕左边还放着房东存的白茬寿材。

一个放碗筷的旧橱柜就是她们家全部家当。

小队钟声一响，爸爸、奶奶和楣子就出现在社员堆里，楣子也认识了好多兄弟姐妹、姑姑、叔叔、大伯、爷爷、奶奶，他们都是出了五服的亲戚。

下乡不久，大队组织"文艺演唱会"，要求各个小队排练节目，这对楣子来说是天赐良机。在学校里能歌善舞的她，好几次面试都因政审不合格被淘汰，其中包括文工团。在那个特定的时期，每次参加学校或联校演出前，红卫兵基干连负责人都把红袖章给楣子戴上，演出结束后就让她交回，现在提起这件事，还让她觉得心里酸酸的。

演出结束后，楣子有特色的声音引起了公社书记的关注，她被调到公社挖河工地上当了广播员。

这一下子她的命运改变了，楣子成了"名人"！十里八乡无人不知、无人不晓。

（发表于 2020 年 12 月 3 日"金榜头条"；2021 年 1 月《七彩虹》第 46 期；2022 年 7 月 18 日《齐鲁文学》）

一首歌的故事

当掌声和鲜花扑面而来时，面对镜头的文杰耳畔又响起了那些社区志愿者们唱出的难忘的旋律。

2020 年初，新冠疫情开始肆虐。文杰望着天津永乐桥上的摩天轮，他和全国人民一样朝着黄鹤楼的方向，为武汉三镇祈祷，因为谁也不知道这场疫情会带来多大影响。

文杰居住的小区正好在天津海河三岔河口，这个小区是老旧小区，人口老龄化严重，老年人占居住人口的 40% 以上。当文杰接到社区党委的通知，责成他组织居民志愿者，协助社区工作者把守小区卡口进行防疫值班时顿时犯了难。一个上万人的社区，一个楼门六层楼，40 岁以下不足 20 个人，老弱病残、独居老人每个楼门都有，社区除了有一个部分党员的学习群，就是他组织的艺术团微信群。文杰没在党员群里发声动员大家报名，因为他知道这个党员学习群里的党员大多是年老体弱者，不适宜做志愿者。他只在艺术团微信群里说了一声，因为他是艺术团团长，可报名者寥寥无几。他只好一对一找到一起排练节目的社区居民继续动员，这样每个楼区都有了志愿者，但有一个楼区只出来 3 个人，可是这个小区有两个卡口需要值守，最少也得 4 个人。当时最大的困难是大家都没有口罩，怎么办？文杰在文友圈里求助，终于有人提供了购买口罩的渠道。

子夜时分，文杰叫上老同学开着汽车朝一个厂家驶去。寂静的公路上几乎没有人，四周空旷旷的，车灯下偶尔有个小动物的身影一晃而过，让人头皮发紧。找到厂址时还不到生产厂家上班的时间，文杰躺在车里睡着了。他太累了，从接到党委书记电话到找到厂家不知过去多少个小时了，他根本没有时间休息。购买口罩还算顺利，当他取回口罩那一刻，所有报名的志愿者都来了。整个小区11个卡口，每天两小时一换班，人手还是不够。一个80多岁老党员给他打来电话说："王团，人手不够算我一个。"为了保证11个卡口都有志愿者替班值守，文杰又号召已上岗的志愿者母亲动员儿子、妻子动员丈夫齐上阵，很快11个卡口都有志愿者替班值守了。这一幕幕场景让文杰感动得热泪盈眶，这是多么可爱的社区志愿者呀！他们把个人安危置之度外，把被新冠病毒感染上的可能性留给自己，这是理想和信念战胜一切，为了小区的安全谁还顾得上这些。文杰躺在床上，白天的一幕幕场景展现在眼前：志愿者戴上红袖章在雪地里持伞上岗，他们手持测温仪为进出居民严把疫情关的感人场面，顿时感染了他，一首"红红袖章我戴上，小区抗疫献力量"的歌词涌上了心头。一个鼓舞志愿者士气、宣传志愿者精神的想法出现在文杰的脑海里，经过反复斟酌，一首完美的歌词诞生了！当文杰把歌词捧在手里时兴奋不已。

　　文杰把这首歌词发给好友范老师。说起和范老师的相识不得不提起"阳光"网站开会的事，那时范老师主动邀请文杰加入他们团队微信群。说来也巧，这个世界太小了，小得有时让你在怀疑，一次诗友活动文杰又与范老师见面了，文杰才知道范老师是这个诗社的党支部书记。初识之后，两个人聊得非常

友情篇

233

投缘。范老师鼓励他搞创作，并承诺会帮助他。范老师接到文杰写的歌词，认为是一首不错的作品，紧密结合时局，与时俱进，鼓舞人心，所以连夜谱了曲发给文杰。

有了词曲还要有伴奏，文杰又找了天重厂的老文艺爱好者陆清，陆师傅用电子琴弹好小样后又进行了修改，但处在疫情严峻的时刻，文杰无法前往讨教。"五子天地"编辑部的一个编辑推荐他找到原馆长、作曲家王晓波，王晓波是中国音乐家协会会员，很有名气，经过他的又一次修改，一曲《志愿者之歌》由居委会宋主任的婆婆手风伴奏，由松风东里小区合唱队演唱成功了。

面对台下掌声响起来时，文杰感念范老师、陆清师傅、王晓波等人在疫情中为创作这首歌付出的热情与辛劳，这些幕后音乐人的付出，加上志愿者们精神抖擞站在舞台上的高歌，歌曲唱出了观众的心声，引起了全场观众的共鸣，这是多么动人的场面啊！

一首歌在文杰笔下诞生。但歌曲带给人们的心灵震撼，将永远激励志愿者们大踏步前进！

（发表于 2022 年 11 月 1 日《华语作家网》）

王老汉险些"挨骗记"

电话铃声响了，王老汉一看是不熟悉的号码：26212050774，他犹豫了一下，就接了电话。对方讲是申通上海客服，他们的快递小哥不慎将王老汉在网上购买的多功能支架弄丢了，并很客气地问："您当初购买花了多少钱？"王老汉说："我也记不清了。"这个客服很和蔼地与他商量："我们查了一下，这个多功能支架价值39元，按规定我们双倍赔付您70元可以吗？"王老汉答道："快递小哥也不容易，丢就丢吧，不用赔了。"客服说："这是公司制度，您就把您支付宝账号发给我们吧。"一听到支付宝，王老汉立刻警觉起来，回答："我没有支付宝！"

恰好，王老汉的女儿、女婿都在家，王老汉就把手机交给了他们。骗子的演绎继续，让把备用金打开，又告诉收款怎么打开备用金。王老汉说："收付款不就行了吗？"对方接着讲："这是我们公司财务付款的要求。"王老汉在旁边听着越来越不靠谱，这哪儿是赔付呀，这一定是诈骗！

于是，王老汉立刻想到片警王警官，并及时向王警官报了警，回忆前些日子社区片警到社区宣传防诈骗，安了防诈骗软件，但他觉得没用就卸了。现在看来，因为没有防诈系统，骗子才来骚扰。他赶紧扫码下载。通过亲身经历广而告之，防诈骗就在我们日常生活中，希望大家提高警惕，决不能掉以轻心。

无巧不成书。下午申通快递小哥按响门铃，把多功能支架给王老汉送来了。王老汉和快递小哥聊起此事，快递小哥告诉他："您在网上购物，添加配送跟踪就全有了。"是呀，网上购物这个功能设置好，骗子就没有行骗的条件和机会了。王老汉认真地点点头说："好！"

（发表于 2023 年 2 月 25 日第 786 期《山西作家》）

鬼使神差"帮忙"

文杰是个热心肠的人，从年轻时就爱给人帮忙，谁找他都是有求必应。他总认为有人相求，在朋友眼里才有面子，而不考虑后果。

20世纪90年代，好友永春介绍一个叫建新的朋友，让文杰帮他从大同矿务局搞点大同煤，因为那时煤炭供应还属计划经济向市场经济过渡改革中，文杰也没当回事，就爽快地答应了，可是后边的事就来了。大同煤发来了，卸到了储运材料场。文杰去办手续，人家要卸车费和道线使用费，这七算八算需缴纳好几万元，他上哪儿去拿这么多的钱？文杰拨通永春的电话，永春告诉他直接和他朋友建新联系。文杰来到建新租用的煤场，在一间矮小的临建房里见到了建新，一番客套话后，建新一本正经地说："你得把煤送到我煤场，我按泵单给你付款。"文杰那一刻张口结舌，说不出话来，可这道线费和卸车费我怎么替你支付啊？

文杰也不知道怎么回的家，一宿一宿地睡不着觉。这可怎么办呀？老婆怕他出事，开导他："你找朋友商量商量。"因为，文杰的老婆知道文杰待人处事很有人缘，于是就瞒着他偷偷给他朋友打了电话。

这天，文杰接到一个饭局的邀请，但不知道聚会的缘由，他忐忑不安地来到约会吃饭的饭店，很多熟悉的面孔都来了。没想到还没开席，约文杰吃饭的朋友突然跟大家说："是文杰请大家来吃饭。"桌上的人都开起玩笑说："文杰发大财了，请我们大家吃饭是不是高升了？"约文杰吃饭的哥儿们解释说："文杰给人'帮忙'遇到点难事，请大家来给他'帮帮忙'。"说到这儿，这位哥儿们让文杰自己跟大家讲一下，文杰红着脸很难为情地就把事情原委跟大家说了一遍。大家一听说："行呀！文杰你真有本事，我们单位正愁买不到大同煤呢，明天我找我们厂长去问问。"也有人说："我们到煤建公司购买还有指标限制呢，你搞来的煤一定错不了，我明天进厂就找领导去。"所有来吃饭的朋友七嘴八舌地都劝文杰别着急，我们来想办法帮你。饭没吃多少，可文杰心里热乎乎的。

转天朋友们来电话询问："这大同煤销售有增值税发票吗？"文杰回答说："给问问。"因为发煤单位一般只能按铁路运输票一次性开具发票结算，这好几个厂家要增值税发票能不能开，文杰真不清楚。他这个人干什么事总幻想一帆风顺，文杰认为自己给联系好了，其他事应由建新来办理。但恰恰建新没有按规则出牌，文杰烦人托窍好不容易把大同煤给搞来了，如果建新直接和大同矿务局运销公司结算，文杰肯定又做了件大"好事"。谁知节外生枝，建新刚下海，拿不出这几十万货款和道线费卸车费呀。这就是文杰头脑简单，自己给自己找的"麻烦"。

要说文杰一点私心没有是瞎话，因为永春说他朋友建新答应了事成之后，给文杰点劳务费，文杰被这点儿小"财"蒙上了眼。人啊可不能贪财，如果文杰不为这点"劳务费"能摊上这棘手的事吗？

为了开具增值税发票一事，文杰天天长途电话一打几个小时，那可是 20 世纪 90 年代呀。还好父亲退休后给他们哥几个每家都安了电话，否则电话局长途电话间让文杰给包了。

要说人哪，做人做事得有前后眼，文杰这几年到大同矿务局跑业务交了不少朋友。文杰的人品正直朴实，在与他打交道的部门中有口皆碑，大家都说：文杰值得交往。

文杰是大城市人，大同矿务局运销公司同龄人的孩子都想看看天津学校考试卷子，文杰的兄弟姐妹们都是学校老师，帮文杰找点考试卷子寄给与文杰打交道的人，有的运销处工作人员家属到北京游玩，让文杰在北京安排个住宿，买个火车票，文杰全都办得漂漂亮亮。逢年过节同龄人都想尝尝天津特产，文杰是有求必应，不厌其烦托人给大家捎去。听说文杰给人"帮忙"遇到麻烦了，所有认识文杰的大同矿务局运销处的朋友都积极想办法，终于有一个公司有煤炭经营资质，给文杰帮了大忙。大同的工商部门还给天津的工商部门开具了分支机构公函，办照申请、银行账号等一切手续都办理妥当，所有的煤炭发票都发给了用煤单位。这给人"帮忙"的文杰总算由朋友"帮忙"把自己找的麻烦给解决了。

几十年过去了，这些年的风风雨雨也锻炼了文杰。经过这件事有不少单位找上门来，直接聘文杰为"业务经理"，这可以说是"因'忙'得福"。虽然事过多年，这段鬼使神差"帮忙"的经历，让文杰难以忘却。

（发表于 2022 年 7 月 1 日第 2 期《中华风》）

妙清姐

妙清姐在1969年初中毕业的时候，本想和同学们一起响应国家号召，积极报名到内蒙古建设兵团。然而，几天后老师告诉她说，她不符合去内蒙古建设兵团的条件。原本满怀希望的妙清姐一下子崩溃了，失落地回到家，自己把门反锁偷偷地哭了起来。

这时，大姨听到了妙清姐的哭声，她心疼地对妙清姐说："不去内蒙古就不去，回原籍也一样。"就这样，妙清姐收拾好行囊，没有同学们的送别，没有好友的依恋不舍，一个人孤零零地踏上回乡之路，到河北省安国县当知识青年。

远处高高的土台上，奶奶和爸爸在烈日下用手遮阳等着她，她的家人是先她被遣送回老家的。妙清姐远远地看到了日思夜想的亲人，边跑边喊着："奶奶，爸爸，我回来啦！"那一刻田野里仿佛只有她们一家三口人，一片芦苇零落地飘着花絮。

爸爸接过妙清姐的行李，奶奶疼爱地牵着妙清姐的手回到了"家"。妙清姐进屋环视这租来的破土房，一间屋子半间炕的房里还放着房东白茬儿寿材，看着就令人毛骨悚然。十几平方米的房间，裂纹的土坯墙，凌乱不堪的灶台和坑坑洼洼的地面，让她心里感到酸溜溜的，这就是她今后的家呀！

妙清姐是个聪明和要强的人，很快便融入农民社员的集体中。一年四季务农的生活，练就了她一身干农活的本领，干起农活不亚于当地人，锄头镰刀在她手里很听使唤。春天在田间里，她像模像样地撒播种子，炎热的夏天在烈日暴晒下收割麦子，秋天割豆子、掰玉米、掐高粱……尤其插稻秧，她本来在特殊时期可以干些其他农活，她却说："不！"卷起裤腿跳进稻田地，麻利而又熟悉地干起来。她插过的稻田秧苗一排排地十分整齐，连老农民都给她挑大拇指赞誉她，所有农活对妙清姐来说都不在话下。一天下来，吃完饭后，累得她就顺便躺在土坯房那口白茬儿寿材上，和奶奶聊着天就打着呼噜睡着了，一睡就是一宿。这个下乡来的女知青，没有多久就在四乡八村闻名遐迩了。

妙清姐虽然不情愿地回到原籍，当了一名普通社员，但是经过她多年的打拼，她对这片土地产生了深厚感情，对于这里的乡亲们，她也当作自己的亲人，每逢回到天津都要带些土特产，回来分给大家。村里的人们也常常把当地的农产品捎给她天津的亲人们。

这样的日子一忙就是几年。一天，公社通知妙清姐到县委帮忙协助工作，她惊讶得眼泪哗哗的，那是她想都不敢想的事啊！接下来的日子，奶奶和爸爸也按政策相继回天津了。

知青生活是那个时代一段尘封的历史，是成千上万年轻人刻骨铭心的成长史，成了一代人永不磨灭的记忆，也给了如今白发苍苍的老人们半个世纪的难忘回忆。

（发表于 2020 年 11 月 10 日《中老年时报》第 6 版）

友情篇

钱　缘

在物质丰富的今天，人们都想挣大钱。说金钱不是万能的，但在人们心目中，离开钱那是不行的。

刚子的父亲在养老院不幸去世了，谁也不知道他老人家的"零花钱"放在家里的什么地方。从火化场回来，妯娌几人聊着天儿，说起此事感到诧异。姐几个商量了一下，就一起帮婆婆找起来。于是你翻立柜，我找鞋柜，忙活了半天，一无所获。

刚子的母亲因失去老伴儿，天天沉浸在几十年夫妻恩爱的回忆中。见物思迁，为了减少因失去丈夫而造成的悲伤，她决定把房子卖掉，也告诉孩子们："屋里所有家具、家电，谁想要谁就拉走了留个纪念吧。"唯有一张八仙桌子，刚子母亲非常想拉到租住的新房子里去，这个差事就交给刚子承担下来了。因为刚子有位朋友是干装修的。

这天，刚子和朋友来到父亲生前的老屋，经过上下左右调试后，终于把八仙桌子弄出房门装上车。随后，当刚子环视一片狼藉的情景准备锁门离去时，却想起父亲在世时的火热情景，他非常伤感。那一刻刚子感触颇深，父亲在，儿有家回。而如今父亲不在了，母亲把房子卖了，自己再也回不到父亲健在时，享有父爱的美好时光的记忆了。刚子用脚踢了一下眼前被大家丢弃的杂物，其中有一个黑色的手包，那是父亲几十年前在单位特意制作的一批手包中的一只。想到这儿，刚子弯下腰拿起面目全非的黑色手包，拉开了拉锁，哇！整整一沓百元钞展现在刚子眼前，他认真地点了一下，整好一万元。刚子立刻拨通母亲的电话，向母亲汇报了此事。母亲说："这是你爸和你有缘，特意留给你的财气，收着吧，给外孙买点什么纪念品。"刚子没有接受母亲的说辞，恭恭敬敬地把这沓钱交给了母亲，让母亲好好保存，留作养老所需的费用开支。

　　有时候天意不可违，信不信由你。刚子一位好友的父母都过世很多年了，满屋子书籍把百十平方米的居室堆得连脚都插不下。老同学看到刚子爱上了写作，就盛情邀请他到她父亲的书柜里挑书。刚子每取下一本就爱不释手地翻了起来。刚子和老同学搭茬说："我要早十年知道你家藏书这么多，我一天借一本，我这大肚囊也能装上几车文词儿了。"说着，两个老同学相视大笑起来。

　　就在刚子伸手又取另一本书时，一个信封掉了下来。刚子打开信封一看，一沓崭新的票子，他笑着递给了老同学："这挑书还帮你家找到伯父的'小金库'了。"老同学认真地说："我父亲走了快十年了，谁也没想到'书中自有黄金屋'，让你给摸到了。"老同学把这消息告诉她的妹妹，她妹妹说："刚子大哥找到的就归他了。"刚子忙说："这可使不得，使不得！让我来挑书沾文气，我已经受宠若惊了，这只能说我和伯父有缘，他在天上同意把他钟爱一生的书籍赏赐给我，我已经心满意足了。"当刚子挑了满满一拉杆箱书籍离开时，他执意要留下书钱，却生生被老同学拒绝了。老同学说："这是对你'拾金不昧'精神的奖励。"你说这事儿多"奇葩"，又多有趣儿！

　　刚子参加工作后经常帮助同事和朋友，特别是参加公益慈善活动后，只要有捐款捐物的事他从来没落下过，对钱的概念越来越"淡"。也不知咋搞的，他从没有"钱不够花的危机"，特别是结婚后，他娶了一位会计职业的媳妇，让他觉得更不用操心了。

钱离刚子好远好远，这也可能是他"条件"太好了。这不，这两天刚子准备把他岳父居住三十年的旧屋卖掉，收拾杂物时在一个笔记本里，两张不流通市场多年的四位伟人的百元钞票就夹在里面，这已经是他第三次被钱"撞"头了。是钱和他有缘，还是岳父与他有缘？刚子不去想。而他特意照了一张照片发给了媳妇，把这"不期而遇"的故事记载下来。他说，这三段有关"财气"的可遇不可求的故事，在他变老的时光里要好好珍藏，想来真是玄妙。但刚子坚信一条："日行一善"，人越活越充实美好。

（发表于 2023 年 8 月 18 日《中国乡村》）

人　缘

20 世纪 80 年代，在津原里的居民小区，存车处只有楼上楼下两层，车位才 300 多个，而十几个楼门却有上千户居民，存车的难度可想而知。

刚子的侄女小琳自以为她爸爸是经理，妈妈是警察，到存车处存个自行车太简单了，也就没把存车这事儿当回事。

这天，小琳推着新买的自行车神气十足，来到存车处就要存车。当时存车处有四个大爷，三个大爷姓于。为了区分这三个大爷，姓李的大爷特意称为"干钩于""歪嘴于"；还有一个年岁最大的戴眼镜，李大爷喊他"眼镜于"。

这天在存车处值班的是歪嘴于大爷，他问："小琳，你家住几号楼？你父亲是谁？"小琳说出他爸爸名字，歪嘴于大爷摇摇头："不认识！"小琳继续说："我爸爸是百货公司经理。"于大爷调侃："我们归街办事处管。"几个回合下来，小琳搬出她妈妈是警察。于大爷追问："是咱派出所的吗？"小琳一扭头看见黑板上写着"刚子"的名字，好像存放什么物品，她立刻指着刚子的名字说："他是我五叔。"于大爷立刻笑了："那你不早说。"

说起存车处几位大爷，可没少给刚子帮忙，刚子妻子的自行车胎没气了，就帮着给找修师傅来修。刚子他们单位的班车就在他们家楼下，因为他们厂在郊区，坐班车的同事都想下班后早一点骑车回家，有些人就把自行车骑到班车站，但大家又怕乘班车走后，自行车丢失了，就让刚子给联系一下他们楼区存车处。正好刚子家的存车处居民白天上班去了，腾出车位让坐班车的同事把自行车存在存车处，刮风下雨太阳暴晒，全都不用惦记，可以安心在厂里上班了。下了班车后从存车处把车取走，非常踏实。刚子和大爷一说，虽然几个大爷增加了工作量，但那个年代人们都把热心帮助他人看作是一种快乐，这就应了"帮助他人，快乐自己"这句话。

当存车处的大爷把天重厂需要存车一事，汇报到街里管理部门后，很快得到批准。虽然刚子忙活半天没有得到任何"好处"，但是能帮助一个厂的同事解决问题，他可高兴了。一来二去，刚子和大爷们混得非常熟络，他的名字几个大爷都记住了，到了存车处一提起他，大爷们都非常钦佩他热心肠。小侄女哪里知道这些呀。

晚上，刚子回家吃晚饭时，小侄女来到刚子家，诉说白天存车的事，刚子听完笑了。小侄女说："五叔，你人缘还真好！"

（发表于 2023 年 9 月《中国乡村》）

一元钱

　　每当刚子看到励志的文章时，他就想哭，因为他对此有一种特殊的情怀。刚子总也忘不掉那"一元钱"的故事。

　　时间穿越到 20 世纪 60 年代，那个时候刚子家条件不是很宽裕，父亲在北京工作，母亲一个人带着他们六个儿女。快过年的时候，母亲吩咐刚子哥几个打扫房屋、擦玻璃。刚子姐姐没在家，哥几个在一起干得热热闹闹，你扫房我擦玻璃，然后把铺在床上快一年的稻草垫子给扔掉了。活干得这么利索，给这个本来就不富裕的家庭带来了"麻烦"，哥几个谁也不知道破稻草帘子里夹着刚子姐姐存放着母亲给她置买年货的十元钱。十元钱，在那个年代可是一个人一个月的生活费呀。因为当时国家制订的最低生活费标准才八元钱，刚子家每个月经济收入也就六十多块钱，十元钱已是不小的金额了。

　　刚子姐姐一进门看到稻草帘子没了，就赶快问刚子哥几个是怎么回事儿。哥几个说，因为嫌它太破了就扔掉了。刚子姐姐忙问："扔到哪儿了？"哥几个说："扔到胡同口垃圾堆上了。"刚子姐姐马上就跑到胡同口垃圾堆上仔细地翻找帘子，可是钱已经没了。刚子哥几个追了出去，看到姐姐在胡同口掉眼泪，不知道什么情况，刚子就问姐姐怎么回事？姐姐回答说："妈妈最近忙，把买年货的钱交给我了，让我负责购置年货。"这下可惹了大祸了，刚子和四哥轮番到扔掉稻草帘的地方去找，十元钱早已无影无踪了。姐姐嘱咐大家："这件事千万不要告诉母亲，不要让母亲烦恼，因为母亲带着我们哥儿六个已经很辛苦了，不能给她再添麻烦。"刚子姐姐非常孝顺懂事。

为了把这丢失的十元钱损失补回来，姐姐带着刚子到她已经参加工作的同学家去借钱，你一块，他两块，姐姐终于把钱凑齐了，终于神不知鬼不觉地把年过了。姐姐的同学们的经济条件也不是很富裕，借钱还得还啊！最后，姐姐和刚子商量找胡同婶子大娘拆兑拆兑，那时刚子也就十二三岁。"初生牛犊不怕虎"的刚子点点头，到和刚子家关系较好的婶子大娘家去借，还得告诉他们不要和他母亲讲。

刚子家居住的胡同一共九个院子，但刚子敢伸手找婶子大娘借钱的也就三四户，虽然每次刚子只能借"一元钱"，但是对于同龄人来说已经是极大的挑战了。因为一个胡同与他一般大的孩子天天在玩耍，而刚子却要低声下气向婶子大娘借"一元钱"来维持一家人生活所需。"一元钱"当时可以买十斤玉米面，没有婶子大娘借刚子家"一元钱"，那么一家人就没有窝头吃。当刚子拿到婶子大娘借给他的"一元钱"时，可想而知他是多么高兴呀，因为一天的窝窝头又有保障了。

三十年后，刚子应聘企业经理，对农村来的孩子们，刚子特别理解他们窘迫的家庭困境，从来没有因为他们干得不好而辞退他们。当时，有人问刚子养这些农村来的孩子干什么，刚子就想起曾经借他"一元钱"的婶子大娘们，他就想报答她们。她们都不在人间了，他要把这份感恩之心回报社会，让跟着他工作的农村孩子们过得好一点。

"一元钱"的经历装在刚子心里已经一个甲子，现如今刚子努力做到的，就是"日行一善，回报社会"。

　　　　　　　　　　　　（发表于 2023 年 9 月《中国乡村》）

友情篇

老闺蜜

那天在公交车上，听到坐在我后面的两位老大姐（本文分别称为 A 姐、B 姐）的对话，引起了我的兴趣和共鸣。

其中 A 姐问："还记得我四五岁的时候，跟我妈去你们家串门的事吗？""嘛事，咱两家是邻居，互相串门那不是常事吗？"B 姐答道。

A 姐道："那时的事我印象太深了，说起来是 65 年前的事了，那时咱两家的家庭条件差距可太大了，我们家姐妹五个，我爸一个人上班，家里挺穷的，每天粗茶淡饭。你是独生女，父母都有工作，经济条件比我们家强多了。"B 姐接话："那倒是，那时你们家天天啃窝头儿，我就能吃面包了。"

A 姐续谈："是呀，那天去你们家，刚一进屋，我就看见橱柜里放着的两盘小点心，我在琢磨点心是嘛味儿的，如果能舔一下多好。我往橱柜那边挪了挪凳子，坐在橱柜旁使劲吸了一口气，一股又香又甜的味道钻进鼻孔，我想能吃上一口该多好。"

B 姐说："想起来了，那时我妈妈拿出一块点心递给你，你妈说嘛也不让要，拉着你连跑带颠地就走了。"

A 姐说："那时我心里可不高兴啦，埋怨妈妈怎么不让我要呢？哪怕让我尝一口也行啊，我还没吃过点心呢。"

"这一晃儿 60 多年过去了，咱们都 70 多岁了，古稀老人喽。咱俩从小一起长大，用现在时髦的话，咱们就是闺蜜，老闺蜜。"说着两个老姐妹笑了起来。

忽而 B 姐又接着讲："其实那时候，我家的点心也不能随便吃，是给父亲每天写文章夜里加餐时用。你说咱们现在多好，想吃嘛都能吃到，想穿、想玩都能实现。"

　　听了她们的对话，我心里不禁想起那个物质匮乏的年代，何止一个四五岁的孩子没吃过点心，那时有多少人不知道点心的味道呀！现如今我们生活条件好了，走进超市、购物中心，各种商品琳琅满目，应有尽有。点进网上购物平台，让人眼花缭乱，只有想不到的，没有找不到的，想买啥就买啥。

居家观察

　　崔家二哥给家里自己睡觉的居室贴了一张纸：居家观察
14 天。二嫂让二哥扔垃圾，都叫不动二哥了。二嫂快言快语：
"我说你这 14 天怎么'坐月子'啦？还真不出屋啦？"二哥也
不搭讪，反倒把门关上了。

　　中午吃饭，二嫂怎么叫二哥，他也不出来了，二嫂只好把
饭端到二哥小屋门口敲门："吃饭了，'爷爷'！"这"爷爷"也
不知从何喊起？二哥的孩子才 10 岁。二哥仍不吱声。气得二
嫂把饭放门口，砸了两下门忙自己的活儿去了。也不知何时二
哥把洗干净的碗套个塑料袋放在窗台上。

　　家里来人，二哥也不见，隔门回复：我居家观察 14 天，不
见面了。这亲朋好友你传我、我传他，每年热热闹闹拜年，今
年二哥不见客了。二嫂只埋怨："你这大过节的居家观察至于
吗？来人也不见，饭也不出来吃，真行！"二嫂一气，带着孩
子回娘家了。这回二哥出屋了。一个人美哉美哉，看电视，打
电话聊天，啥也不耽误。遇到谁和谁说，他去了防范地区后报
备居委会，让居家观察 14 天。

　　就在当晚半夜时分，二哥居家观察满 14 天了，明天就该
上班去了。从楼上流下来的水，从房顶上滴到二哥脸上，二哥
一个激灵，穿上衣服直奔楼上，敲楼上邻居家门。从门缝不停
地往楼下流水，费了好大劲儿他才把残障人家的门敲开，残障
人喃喃自语："怎么跑水了？"二哥一个箭步冲到水管截门跟

前把水龙头关上了。残障邻居要开灯，二哥不让。二哥啥也不顾了，一盆盆脏水从地上收起倒入下水管道里，漂起的杂物落地了。二哥拖着疲惫的身子回到自己家床上，被子、枕头都湿了，他只好靠在沙发上睡去了。

（发表于 2022 年 3 月 11 日《天津日报·北辰之声》）

八仙桌

前不久，邻居刚子的父亲去世了。刚子的母亲因失去老伴儿，天天沉浸在几十年夫妻恩爱的回忆中。刚子为了减少母亲失去老伴儿的悲伤，想给母亲换个环境，于是召集兄弟姐妹商量。大家决定把老屋卖掉，换个地方让母亲居住，好换个心情。母亲也同意了孩子们的主意，说："屋里全部的物品，包括家具、家电等，谁想要谁就拉走。唯有那张八仙桌，我实在舍不得，想拉到将来的新住处去。"刚子安顿好母亲后，找来朋友帮忙搬八仙桌。

这天，他和朋友回老屋，经过上下左右调试后，终于把八仙桌鼓弄出房门，装上车。随后，刚子又回屋环视了一周，当他准备锁门离去时，心中竟生出万千感慨：父亲在，儿有家回。如今父亲不在了，自己再也回不到父亲健在时的美好时光了。这时，他一个不小心用脚碰到了被大家丢弃的杂物，其中有一个黑色手包，鼓鼓囊囊的引起了刚子注意。他弯下腰拿起这个黑色包拉开拉锁，一沓钞票出现在刚子眼前。他拨通母亲的电话说了此事。母亲说："老屋里的物品你什么都没要，这或许是你爸想留点儿念想给你，你就收着吧。"刚子没有接受母亲的好意，还是把这沓钱给了母亲，让她留作养老费用。母亲对刚子说："有八仙桌在就有饮食起居的记忆，那是你父亲留给我最好的念想。"

（发表于 2023 年 8 月 31 日第 4 版《中老年时报》）

后 记

很久以来，我就梦想出一本书，把自己多年点灯熬油、煞费苦心写出来的作品编撰成集，只为了追忆那似水流年。站在多年后的今天，我回望过去，曾经天真的想法、稚嫩的笔记，没有任何虚构，只是真真切切记录了光阴的故事。在编辑出版这本书的时候，我瞅着当初堆积起来的文字，其中的所思所想，构成了我生命中不可或缺的一部分。流光溢彩、熠熠生辉，我不禁为其中的人、事、物、景所感动。薄薄的每一页纸片，却带入了我大半生的生活场景。尽管世事变迁、风雨考验，尽管事物随时间流逝，尽管只留下了淡淡的印痕，但我，还有这本书在，它记录了我人生最真实的经历感悟，在未来，也许我会抱着这本书，幸福地回首往事……出书看似简单，实则繁杂。幸好在各界人士的大力支持和协助下，我的个人专著如期出版了。

本书在策划、整理、编辑及出版过程中，得到了许多老师和朋友的帮助。中国作家协会原副主席、天津作家协会原主席蒋子龙为本书题写了书名并写了深切寄语，中国作家协会会员、北辰区文联原主席滑富强为本书作序。此外，本书还得到中国作家协会会员、北辰文联、北辰作协主席季晓涓的大力支持，知名书画家爱新觉罗·毓峋先生题写了书法寄语，同时本书的出版也得到了天津社会科学院出版社领导韩鹏和各位编辑的热情指导，还得到了师友们的热情鼓励和帮助，尤其是著名文史学者、藏书家侯福志先生及中老年时报资深编辑董欣妍女士。当然，这一路走来，更离不开一直关心、支持和帮助我的同学许壮楣女士，以及张栓固、刘风雷、贾旭、李仪、张明银、张立巍、侯凤年、蒋桂枝、王伟、张建玺、李蕴华等良师益友，他们在百忙中为我出书做了大量的工作。在本书即将付梓之时，特向各位领导、专家及师友们表示衷心地感谢！谨以拙文献给所有爱我的和我爱的人。由于作者水平有限，书中错讹、遗漏在所难免，敬请广大读者批评斧正。

王广杰

2023 年 11 月 12 日